gjia Jingpin Yuedu

名家精品阅读

郁达夫

散文·小说

主编 李晓明/简析 何俊梅 郭冉
郁达夫◎著

吉林出版集团/吉林文史出版社

一套批注式阅读的好书

李晓明

批注式阅读是我国传统的阅读方式之一。有些读者喜欢读书时在文中空白处写下自己独到的见解和感受，留下阅读时思考的痕迹，这样的阅读就是批注式阅读。

我国从古代开始就风行批注式阅读。俗称“春秋三传”的《左氏春秋传》、《春秋公羊传》、《春秋谷梁传》因对《春秋》的出色批注而出名，这三本批注式读本的出现，为《春秋》的广泛传播起了推波助澜的作用。汉魏时期，郦道元也因批注《水经》，而使他写的《水经注》名誉天下。东晋时期史学家裴松之批注的《三国志》，在查阅大量史料的基础上，以超过原文三倍的批注内容丰富了原书，使许多失载的史实得以保存。明清以来，小说盛行，批注之风日盛。如金圣叹批注《水浒传》，毛氏父子批注《三国演义》，张竹坡批注《金瓶梅》，脂砚斋批注《红楼梦》。这些优秀的批注笔记随同原著一起刊出，风行一时，成为其他读者再次阅读时的可贵借鉴，也成为文化界交流的重要方式之一。

近现代以来，批注式阅读仍然是伟人和有思想的文人读书的重要方式之一。毛泽东就有不动笔墨不读书的习惯。《毛泽东点评二十四史》对中国历史的研究和独到见解为世人所叹服。鲁迅先生也提出读书要眼到、口到、心到、手到、脑到。

国外的很多文学家和伟人也有批注式阅读的习惯。如列宁的《哲学笔记》就是由他读书时的批注和笔记汇编而成的马克思主义哲学的经典著作。

批注式阅读不应该只是文学家、史学家、哲学家的专利，它完全可以被普通的读者所掌握，成为一种值得提倡的阅读方式。当前，在中学广泛使用批注式阅读方式培养学生读书能力的，当首推东北师范大学附属中学。他们的具体做法是:全班同学同时阅读同一本书，每个人都在书旁的空白处写下自己的“书间笔痕”，在篇末写下“篇后悟语”。然后在全班的读书报告会上交流自己的感悟，写得最好的感悟文字作为全班的阅读心得在年级进行交流，再选出最好的感悟文字集结成书。东北师大附中在进行“语文教育民族化”的教改实验中，把批注式阅读的成果汇编成《启迪灵性的语文学习方式 孙立权“批注式阅读”教例》，成为各校开展批注式阅读的范例。

批注式阅读的好处是显而易见的。

首先，批注式阅读培养了读者的思维能力。与一般的读书不同，批注式阅读强调读者对读物的思考和独到的见解。大师们写下了自己的作品，有了自己的话语权。作为读者的我们，也不能丧失自己的话语权，不能只是被动地阅读别人的作品。批注式阅读提倡读书时发表个人的独到见解，即所谓“一千个读者就有一千个哈姆雷特”。鲁迅先生在《读书杂谈》中提倡读书时“仍要自己思索，自己观察。倘只看书，便变成书橱”，诺贝尔文学奖获得者萧伯纳和德国哲学家叔本华也都告诫过读者，如果读书时只能看到别人的思想艺术，不用自己的头脑思索的话，实际上是把自己的脑子让给别人做跑马场。孔子曰“学而不思则罔”，讲的也是同样的道理。如果不想把自己变成只会吸收别人思想的书橱，或者让自己的头脑完全变成别人的跑马场，那么，就学习一下批注式阅读吧。

其次，批注式阅读培养了读者的写作能力。因为批注式阅读是一种不动笔墨不读书的阅读方法，它直接培养了读者的写作能力。尤其是每篇作品后面的“篇后悟语”，简直就是一篇完整的评论文章。读书时常常动笔把自己的点滴体会记录下来，坚持这样做，一定会在写作能力的培养上有巨大的收获。

再次，批注式阅读促使读者自觉扩大阅读的广度。在东北师大附中的批注式阅读教改实验中发现，同学们为了提高自己的批注水平，常常出现“以文解文”、“以诗解诗”的情况。即阅读一篇文章或一首诗时，引用同类作品进行解读，批注效果往往令人拍案称奇。在批注王维的《辋川闲居赠裴秀才迪》的“倚杖柴门外，临风听暮蝉”一句时，就有两名同学分别写到：“颔联与王籍《入若耶溪》中‘蝉噪林逾静，鸟鸣山更幽’有异曲同工之妙：用声响来反衬所在环境的静雅清幽。”“这是‘居高声播远，因是藉秋风’，与虞世南的‘居高声自远，非是藉秋风’不同。”同学们为了写出自己的独到见解，查阅更多的同类作品，不仅提高了自己的批注水平，也扩大了知识面。

最后，批注式阅读为读者间的交流提供了平台。一般认为，读书只是个人的活动，与他人无关。但批注式阅读不同，它可以把批注的成果提供给别人，成为大家交流思想和见解的平台。像脂砚斋批注的《红楼梦》、金圣叹批注的《水浒传》等，对后世读者的启迪作用是有目共睹的。即使在中学生中进行的批注式阅读，也在全班、全年级乃至更大的范围内，提供了大家交流思想、发表不同见解的平台，这种同龄人之间的读书心得交流，是非常有益的。

我们出版的这套“名家精品阅读”与同类读物不同，它不仅向读者提供了优秀的文学作品，同时在每一页给读者留下了写批注式阅读心得的空间，使读者可以很方便地、随时写下自己的读书心得。如果几十年后，拿出本书看一看，你会惊喜地看到自己当年心灵成长的轨迹。

我们在每本书的前面精选了一篇作家的代表作进行批注式阅读，给大家提供一个样本。读者们也可以根据自己的喜好，从不同的角度进行批注。相信读者们一定会写出比范文更优秀的读书心得，让阅读成为一件非常快乐的事情。

2011 年 9 月于东北师范大学文学院

郁达夫的“自传体”小说与散文创作

李晓明

在中国现代文学璀璨的作家群中，郁达夫占据着重要的地位。他是“自传体小说”的创始人，他的小说集《沉沦》是中国第一部现代白话短篇小说集。郁达夫在散文领域的造诣也非常高，他的散文作品深受广大读者的喜爱。我们这部《郁达夫小说·散文》精选了郁达夫的部分代表作品，以飨读者。

郁达夫1896年生于山川秀美的浙江富阳，这座富春江畔的绮丽小城赋予了郁达夫唯美的气质，家境的贫寒又铸就了他多愁善感的性格。郁达夫兄弟三人，他排行最末，自小身体羸弱多病，3岁丧父，两位兄长又一直在外地读书，只有奶奶和寡母抚养着年幼的郁达夫。父亲去世以后，家中的一切事务都得由母亲操劳，身体的劳累自不必说，孤儿寡母还时常受到邻居亲戚们的欺凌。家里的田地被盗卖，收取的租谷被窃去，祖坟上的树木被砍伐，遇到这种情况，母亲的反抗显得那样无力，只有抱着郁达夫在丈夫的遗像前痛哭一场，才能发泄一下心中的苦闷。由于奶奶年事已高，母亲又常年在外面奔波，实际上真正陪伴他长大的，是家里的一个使婢翠花。幼年的这段经历，对郁达夫小说和散文创作的影响是潜在的，他在自己的小说和散文中，总是同情弱者，鄙视一切权贵。

1913年，郁达夫的长兄郁华作为外交人员被派往日本，17岁的郁达夫随哥哥来到日本学习经济，并于1922年毕业于东京帝国大学经济学部，获经济学学士学位。但郁达夫最终并没有成为经济学家，他在日本读书期间，阅读了大量的文学作品，受西洋文学的影响尤深。1921年郁达夫与郭沫若、成仿吾、张资平等中国留学生一起，在东京共同发起组建了现代文学史上重要的文学团体——创造社。这一年，他发表了自己的白话短篇小说集《沉沦》。回国以后，郁达夫曾经在北京创办《创造》季刊。1926年他与创造社成员发生矛盾，遂退出创造社。1928年在上海与鲁迅合编杂志《奔流》。1930年"左联"成立，经鲁迅提名，他成为"左联"最早的成员之一。但不久又与"左联"成员发生矛盾，声明退出"左联"。1933年郁达夫举家移居杭州，过起了不问世事、游山玩水的生活。1937年抗日战争爆发后，他积极投入到抗日救亡运动中。1938年末，郁达夫远渡南洋从事抗战文艺运动。1941年太平洋战争爆发后，他辗转来到苏门答腊，继续从事抗日救国活动，1945年9月17日在苏门答腊被日本宪兵秘密杀害。1952年中央人民政府追认他为革命烈士。

郁达夫在文学创作上主张"文学作品，都是作家的自叙传"，因此，他常常把个人的生活经历作为小说和散文创作的素材，在作品中毫不掩饰地勾勒出自己的思想情感、个性、人生际遇。郁达夫的自传体小说代表作品是《沉沦》。《沉沦》的发表与作者在日本的生活经历有直接关系。

郁达夫受到的思想影响，以17岁为界。17岁以前，他受中国传统文化的影响很深，当他17岁到日本时，正值日本明治维新后政治、经济迅速强大的时期，日本社会的政治思想、伦理道德、生活观念对郁达夫产生了巨大的冲击和影响。在两种文化的激烈碰撞中，正处于青春期的郁达夫一方面感到作为弱国的子民在精神上受到了极大的歧视和凌辱，产生了强烈的爱国情怀；另一方面，日本社会开放的两性关系又使中国传统道德中的"严男女之大防"、"男女授受不亲”等训条显得那样苍白和可笑。陷入了人生苦闷、性苦闷的他把这一段人生经历写成了自传体小说《沉沦》。

郁达夫在《沉沦》中大胆地描写了男女性爱、性心理，同时也发出了“祖国呀祖国！我的死是你害我的！”“你快富起来！强起来吧！”“你还有许多儿女在那里受苦呢”的悲号。这篇自传体小说一出版，立即在中国文坛引起轩然大波，受“五四”运动洗礼后的青年一代，从他的小说中找到了与自己心灵相通的东西；那些不敢与封建道德决裂的文人，也把批判的矛头直接指向了郁达夫。

郁达夫在自传体小说中，除了反映下层知识分子的失意、苦闷之外，还有一些作品是通过知识分子的视角反映处于社会底层的民众的疾苦，表现了对劳苦大众的同情和关怀，如《春风沉醉的晚上》、《薄奠》等。

30 年代以后，能够明显地感觉到郁达夫的人生态度发生了很大的变化，前期小说创作中愤世嫉俗的情绪减少了，代之而来的是平缓抒情的对田园牧歌式的乡村生活的歌颂，如《东梓关》；在描写两性间关系时，摆脱了肉欲的影子，两性间的感情变得纯洁无邪，与乡村的自然环境和谐统一，人性返归了自然，如《迟桂花》；同时，他开始摆脱自传体小说的模式，注重了小说写实手法的运用。

郁达夫的自传体小说主要有以下几个特点：第一，作品的主人公都是下层知识分子，他们的生活穷困潦倒，因此充满了失意和颓伤的情感。这些患有严重忧郁症的落魄知识分子，是当时社会的“零余人”形象，这些主人公的灰色人生也使小说的格调偏于低沉。第二，在小说中大胆直率地进行性心理描写。尤其被评论家所诟病的，是小说中毫不掩饰的对病态、畸形的性心理进行了直白的描写，这一点是不能被中国的道学家们所接纳的。第一个站出来为郁达夫的小说进行正面评论的是周作人，他认为“《沉沦》中虽然有猥亵的分子而并无不道德的性质”，因此，他认为《沉沦》是一件艺术的作品。第三，以散文的手法进行小说创作。郁达夫是一个情绪化的人物，这也影响到他的小说创作，在写小说时，他是凭着自己的主观思路去写的，很少顾及小说创作中的人物、情节、环境等写作要素，而把大量的主观抒情的东西写进作品中，尤其对自然景物的描绘，非常细腻。这种小说散文化的倾向对后来的作家产生了很大的影响。

郁达夫的小说创作因为对传统道德观念提出了挑战，并且首创了自传体小说这种抒情浪漫的形式，对当时一批青年作家产生了深刻的影响，形成了二三十年代中国文坛一股浪漫派的壮观潮流。

郁达夫的散文创作同样秉承了他在小说创作中的自叙传性质，在他看来，“现代的散文之最大特征，是每一个作家的每一篇散文里所表现的个性，比以前的任何散文都来得强”。（《中国新文学大系二集·导言》）因此，他的散文中自叙传的倾向更强烈，这就是他的“个性”。

郁达夫对散文的理解是非常宽泛的，他认为，除小说、戏剧、诗歌之外，所有不押韵的文字都可以归入到散文之列。郁达夫本人驾驭各种文体的能力极强，在散文领域中，他对抒情散文、记事散文、小品、杂文、书简、游记、随笔、日记、传记等文体都有涉猎。

郁达夫的散文创作数量庞大，成就斐然，因篇幅所限，我们精选了其中的19篇。这19篇散文大体上可以分为以下几类：

一是重在表现作者的心情和行踪，带有强烈自叙传性质的散文。如《归航》写郁达夫结束了10年日本留学生活，在踏上归程时对日本既恨又恋的复杂感情。《还乡记》则记叙了作者在上海连续失业半年后，不得不由上海返回故乡时的心情。在这篇散文中，作者的情绪大起大落，他在火车上酒足饭饱后，站在火车最后一节车厢的眺望台上，“一手捏住铁栏，一手用了半枝火柴在剔牙齿。凉风一阵阵的吹来，野景一幅幅的过去，我真觉得太幸福了”。但他看见一个农夫和他的妻子抱着一个小孩在桑树影下笑乐，马上联想到自己在上海颠沛流离的失业生活和不得不把妻儿送回故乡的窘境，立刻就想要自杀。郁达夫的一生一直过得很失意，虽然才高八斗，但英雄无用武之地，像这样充满失意、落寞、感伤情绪的作品还有《零余者》、《一个人在途上》等。

二是偏重于写景的散文。郁达夫是写景的高手，他本人又特别喜欢旅游，游踪所及，大部分都留下了他描写当地景物的墨宝。如《钓台的春昼》、《半日的游程》、《浙东景物纪略》、《故都的秋》、《雁荡山的秋月》、《扬州旧梦寄语堂》、《江南的冬景》等。郁达夫的写景散文富有神韵，以《故都的秋》为例，选取的虽然是在北平的普通人家中就能看到的秋景，但把北国之秋的色、味、情表现得淋漓尽致，在描写清、静、悲凉的秋景时，把作者惆怅的心情也融入其中，使其成为写景散文中的精品。

三是记叙某地风俗的散文。如《婿乡年节》、《饮食男女在福州》分别记叙了在杭州过春节的情景和福州的饮食文化。

四是表现爱国精神的散文。郁达夫虽然在早期的散文作品中，不免流露出失意文人颓唐的心境，但他是一个大爱国者，这种爱国精神在日本帝国主义侵略中国时如火山般喷发出来。郁达夫 1933 年移居杭州后，脱离了左翼文艺运动，过了一段相对安适的游山玩水的生活，这一时期的写景散文大多表现出闲适恬淡的心境。1937 年抗日战争爆发后，郁达夫立刻投入到如火如荼的抗战斗争中，表现出极大的爱国热情。从《全面抗战的线后》、《在警报声里》两篇散文可以看出郁达夫与全国人民同仇敌忾的抗日情绪。

五是记人散文。郁达夫与徐志摩、鲁迅、沈从文等文人都有很深的交往，因此这类记人散文写得非常感人。郁达夫与徐志摩是中学同班同学，徐志摩去世后，郁达夫写了《志摩在回忆里》纪念这位中学同学。《回忆鲁迅》则用了较长的篇幅回忆与鲁迅的交往。郁达夫是很重情的人，他在福建惊闻鲁迅先生逝世，第二天早晨就踏上了轮船，成为唯一的从外地日夜兼程特意赶往上海奔丧的人。《给一位文学青年的公开状》是写给沈从文的，当时沈从文从湖南来到北京时，求学无门，投稿不中，连吃饭都成了问题。当他实在混不下去时，大着胆子给当时蜚声文坛的郁达夫写了一封信，没想到素不相识的郁达夫接到信后马上来看望他，还拿出5块钱，同沈从文出去吃了饭，把找回来的零钱都送给了沈从文。这是发生在1924年冬天的事，当时郁达夫自己的生活也很困顿，冬天里甚至没有一条棉裤，连外套也买不起。从这件事情可以看出，郁达夫是极富同情心的人，是一个很善良的人。

作品即人，从郁达夫的小说、散文作品中，读者可以了解作家的生活、思想、情趣，这本书虽然只选了郁达夫一小部分作品，相信读者还是能够从中认识郁达夫，热爱郁达夫的。

目 录
contents

批注式阅读范例

故都的秋 (1)

批注空间

秋天，无论在什么地方的秋天，总是好的；可是啊，北国的秋，却特别地来得清，来得静，来得悲凉。我的不远千里，要从杭州赶上青岛，更要从青岛赶上北平来的理由，也不过想饱尝一尝这“秋”，这故都的秋味。(2)

江南，秋当然也是有的；但草木凋得慢，空气来得润，天的颜色显得淡，并且又时常多雨而少风；一个人夹在苏州上海杭州，或厦门香港广州的市民中间，浑浑沌沌地过去，只能感到一点点清凉，秋的味，秋的色，秋的意境与姿态，总看不饱，尝不透，赏玩不到十足。秋并不是名花，也并不是美酒，那一种半开，半醉的状态，在领略秋的过程上，是不合式的。(3)

不逢北国之秋，已将近十余年了。在南方每年到了秋天，总要想起陶然亭的芦花，钓鱼台的柳影，西山的虫唱，玉泉的夜月，潭柘寺的钟声。(4) 在北平即使不出门去罢，就是在皇城人海之中，租人家一椽破屋来住着，早晨起来，泡一碗浓茶，向院子一坐，你也能看得到很高很高的碧绿的天色，听得到青天下驯鸽的飞声。从槐树叶底，朝东细数着一丝一丝漏下

(1)“故都”指当时的国都北平。

(2) 若非爱得深沉，怎会千里迢迢？若非魂牵梦萦，怎能体会饱尝“秋”的酣畅淋漓？

(3) 用南国之秋与北国之秋对比，表达对北国之秋的深切怀念。

(4) 这四处都是北平赏秋的名胜之地。

来的日光，或在破壁腰中，静对着像喇叭似的牵牛花（朝荣）的蓝朵，自然而然地也能够感觉到十分的秋意。(5) 说到了牵牛花，我以为以蓝色或白色者为佳，紫黑色次之，淡红者最下。最好，还要在牵牛花底，教长着几根疏疏落落的尖细且长的秋草，使作陪衬。

（5）笔锋一转，爱在细节处，无需名山大川，只是皇城人海一隅，从视觉和听觉两方面写那一抹“清”。

北国的槐树，也是一种能使人联想起秋来的点缀。像花而又不是花的那一种落蕊，早晨起来，会铺得满地。脚踏上去，声音也没有，气味也没有，只能感出一点点极微细极柔软的触觉。扫街的在树影下一阵扫后，灰土上留下来的一条条扫帚的丝纹，看起来既觉得细腻，又觉着清闲，潜意识下并且还觉得有点儿落寞，古人所说的梧桐一叶而天下知秋的遥想，大约也就在这些深沉的地方。(6)

（6）从触觉落笔，那落寞、那深沉，弥漫在这铺满落蕊的早晨，“静”得可以听到秋天的心跳。

秋蝉的衰弱的残声，更是北国的特产；因为北平处处全长着树，屋子又低，所以无论在什么地方，都听得见它们的啼唱。在南方是非要上郊外或山上去才听得到的。这秋蝉的嘶叫，在北平可和蟋蟀耗子一样，简直像是家家户户都养在家里的家虫。(7)

（7）秋蝉的鸣叫衬托了秋的悲凉。

还有秋雨哩，北方的秋雨，也似乎比南方的下得奇，下得有味，下得更像样。(8)

（8）秋风秋雨愁煞人。

在灰沉沉的天底下，忽而来一阵凉风，便息列索落的下起雨来了。一层雨过，云渐渐地卷向了西去，天又青了，太阳又露出脸来了；着着很厚的青布单衣或夹袄的都市闲人，咬着烟管，在雨后的斜桥影里，上桥头树底去一立，遇见熟人，便会用了缓慢悠闲的声调，微叹着互答着地说：

“唉，天可真凉了——”（这了字念得很高，拖得很长。）

“可不是么？一层秋雨一层凉啦！”

北方人念阵字，总老像是层字，平平仄仄起来，这念错的歧韵，倒来得正好。(9)

（9）人物让秋色灵动，那平仄的歧韵伴着秋蝉的嘶鸣、息列索落的小雨，将秋的“悲凉”渲染得韵味十足。

北方的果树，到秋来，也是一种奇景。第一是枣子树；屋角，墙头，茅房边上，灶房门口，它都会一株株的长大起来。像橄榄又像鸽蛋似的这枣子颗儿，在小椭圆形的细叶中间，显出淡绿微黄的颜色的时候，正是秋的全盛时期；(10) 等枣树叶落，枣子红完，西北风就要起来了，北方便是尘沙灰土的世界，只有这枣子，柿子，葡萄，成熟到八九分的七八月之交，是北国的清秋的佳日，是一年之中最好也没有的 Colden Days。

有些批评家说，中国的文人学士，尤其是诗人，都带着很浓厚的颓废色彩，所以中国的诗文里，颂赞秋的文字特别的多。但外国的诗人，又何尝不然？我虽则外国诗文念得不多，也不想开出账来，做一篇秋的诗歌散文钞，但你若去一翻英德法意等诗人的集子，或各国的诗文的 Anthology 来，总能够看到许多关于秋的歌颂与悲啼。各著名的大诗人的长篇田园诗或四季诗里，也总以关于秋的部分，写得最出色而最有味。足见有感觉的动物，有情趣的人类，对于秋，总是一样的能特别引起深沉，幽远，严厉，萧索的感触来的。(11) 不单是诗人，就是被关闭在牢狱里的囚犯，到了秋天，我想也一定会感到一种不能自已的深情；(12) 秋之于人，何尝有国别，更何尝有人种阶级的区别呢？不过在中国，文字里有一个“秋士”的成语，读本里又有着很普遍的欧阳子的《秋声》与苏东坡的《赤壁赋》等，就觉得中国的文人，与秋的关系特别深了。可是这秋的深味，尤其是中国的秋的深味，非要在北方，才感受得到底。(13)

南国之秋，当然是也有它的特异的地方的，譬如廿四桥的明月，钱塘江的秋潮，普陀山的凉雾，荔枝湾的残荷等等，可是色彩不浓，回味不永。比起北国的秋来，正像是黄酒之与白干，稀饭之与馍馍，鲈鱼之与大蟹，黄犬之与骆驼。(14)

秋天，这北国的秋天，若留得住的话，我愿意把

(10) 在清、静、悲凉中，透出一丝清秋佳日、瓜果飘香的喜悦。

(11) 中外文人对秋的感受大体相同。

(12) 中国古代刑罚中有“秋后问斩”的规定，因此囚犯到了秋天才会有“不能自已的深情”。

(13) 议论深化了主旨，秋的“愁绪”超越时空，具有更普遍的意义，可谓“自古逢秋悲寂寥”。

(14) 运用对比和比喻再次重申了北国之秋的韵味在于浓烈。

寿命的三分之二折去，换得一个三分之一的零头。(15)

（15）愿意用自己的生命换取北平的秋天，可见爱的深沉。

张俊宇　批注

一九三四年八月，在北平

（原载一九三四年九月一日天津《当代文学》月刊第一卷第三期）

简 析

郁达夫从日本留学归国后，曾在北平生活过几年，北平是他的第二故乡。作者用“故都”二字指明了描写的地点，含有深深的思念之意，也暗含着一种文化底蕴；“秋”字为作者描写的对象，文章中突出了秋的清、静、悲凉。作者愿意用寿命的三分之二去换取北平的秋天，表达了他对北平秋天深深的留恋。

批注空间

沉 沦

一

他近来觉得孤冷得可怜。

他的早熟的性情，竟把他挤到与世人绝不相容的境地去，世人与他的中间介在的那一道屏障，愈筑愈高了。

天气一天一天的清凉起来，他的学校开学之后，已经快半个月了。那一天正是九月的二十二日。

晴天一碧，万里无云，终古常新的皎日，依旧在她的轨道上，一程一程的在那里行走。从南方吹来的微风，同醒酒的琼浆一般，带着一种香气，一阵阵的拂上面来。在黄苍未熟的稻田中间，在弯曲同白线似的乡间的官道上面，他一个人手里捧了本六寸长的Wordsworth的诗集，尽在那里缓缓的独步。在这大平原内，四面并无人影：不知从何处飞来的一声两声的远吠声，悠悠扬扬的传到他的耳膜上来。他眼睛离开了书，同做梦似的向有犬吠声的地方看去，但看见了一丛杂树，几处人家，同鱼鳞似的屋瓦上，有一层薄薄的蜃气楼，同轻纱似的在那里飘荡。

“Oh, you serene gossamer！ you beautiful gossamer！”

这样的叫了一声，他的眼睛里就涌出了两行清泪来，他自己也不知道是什么缘故。

呆呆的看了好久，他忽然觉得背上有一阵紫色的气息吹来，息索的一响，道旁的一枝小草竟把他的梦境打破了。他回转头来一看，那枝小草还是颠摇不已，一阵带着紫罗兰气息的和风，温微微的喷到他那苍白的脸上来。在这清和的早秋的世界里，在这澄清透明的以太（Ether）中，他的身体觉得同陶醉似的酥软起来。他好像是睡在慈母怀里的样子。他好像是梦到了桃花源里的样子。他好像是在南欧的海岸，躺在情人膝上，在那里贪午睡的样子。

他看看四边，觉得周围的草木，都在那里对他微笑。看看苍空，觉得悠久无穷的大自然，微微的在那里点头。一动也不动的向天看了一会，他觉得天空中有一群小天神，背上插着了翅膀，肩上挂着了弓箭，在那里跳舞。他觉得乐极了。便不知不觉开了口，自言自语的说：

“这里就是你的避难所。世间的一般庸人都在那里妒忌你，轻笑你，愚弄你；只有这大自然，这终古常新的苍空皎日，这晚夏的微风，这初秋的清气，还是你的朋友，还是你的慈母，还是你的情人；你也不必再到世上去与那些轻薄的男女共处去，你就在这大自然的怀里，这纯朴的乡间终老了罢。”

这样的说了一遍，他觉得自家可怜起来，好像有万千哀怨，横亘在胸中，一口说不出来的样子。含了一双清泪，他的眼睛又看到他手里的书上去。

Behold her, single in the field,
You solitary Highland lass！
Reaping and singing by herself；
Stop here, or gently pass！
Alone she cuts, and binds the grain,
And sings a melancholy strain；
Oh, listen！ for the vale profound,
Is overflowing with the sound.

看了这一节之后，他又忽然翻过一张来，脱头脱脑的看到那第三节去。

Will no one tell me what she sings?

Perhaps the plaintive numbers flow for old, unhappy, far-off things,

And battle long ago:

Or is it some more humble lay, Familiar matter of today?

Some natural sorrow, loss, or pain,

That has been and may be again!

这也是他近来的一种习惯，看书的时候，并没有次序的。几百页的大书，更可不必说了，就是几十页的小册子，如爱美生的《自然论》(Emerson's《On Nature》)，沙罗的《逍遥游》(Thoreau's《Excursion》)之类，也没有完完全全从头至尾的读完一篇过。当他起初翻开一册书来看的时候，读了四行五行或一页二页，他每被那一本书感动，恨不得要一口气把那一本书吞下肚子里去的样子，到读了三页四页之后，他又生起一种怜惜的心来，他心里似乎说：

“像这样的奇书，不应该一口气就把他念完，要留着细细儿的咀嚼才好。一下子就念完了之后，我的热望也就不得不消灭，那时候我就没有好望，没有梦想了，怎么使得呢？”

他的脑里虽然有这样的想头，其实他的心里早有一些儿厌倦起来，到了这时候，他总把那本书收过一边，不再看下去。过几天或者过几个钟头之后，他又用了满腔的热忱，同初读那一本书的时候一样的，去读另外的书去；几日前或者几点钟前那样的感动他的那一本书，就不得不被他遗忘了。

放大了声音把渭迟渥斯的那两节诗读了一遍之后，他忽然想把这一首诗用中国文翻译出来。

《孤寂的高原刈稻者》

他想想看，“The solitary highland reaper”诗题只有如此的译法。

你看那个女孩儿，她只一个人在田里，

你看那边的那个高原的女孩儿，她只一个人，冷清清地！
她一边刈稻，一边在那儿唱着不已；
她忽儿停了，忽儿又过去了，轻盈体态，风光细腻！
她一个人，刈了，又重把稻儿捆起，
她唱的山歌，颇有些儿悲凉的情味：
听呀听呀！这幽谷深深，
全充满了她的歌唱的清音。
有人能说否，她唱的究是什么？
或者她那万千的痴话
是唱的前代的哀歌，
或者是前朝的战事，千兵万马；
或者是些坊间的俗曲，
便是目前的家常闲说？
或者是些天然的哀怨，必然的丧苦，自然的悲楚，
这些事虽是过去的回思，将来想亦必有人指诉。

他一口气译了出来之后，忽又觉得无聊起来，便自嘲自骂的说道：

“这算是什么东西呀，岂不同教会里的赞美歌一样的乏味么？英国诗是英国诗，中国诗是中国诗，又何必译来对去呢！”

这样的说了一句，他不知不觉便微微儿的笑起来。向四边一看，太阳已经打斜了；大平原的彼岸，西边的地平线上，有一座高山浮在那里，饱受了 天残照，山的周围酝酿成一层朦朦胧胧的岚气，反射出一种紫不紫红不红的颜色来。

他正在那里出神呆看的时候，喀的咳嗽了一声，他的背后忽然来了一个农夫。回头一看，他就把他脸上的笑容改装成一副忧郁的面色，好像他的笑容是怕被人看见的样子。

二

他的忧郁症愈闹愈甚了。

他觉得学校里的教科书，真同嚼蜡一般，毫无半点生趣。

天气清朗的时候，他每捧了一本爱读的文学书，跑到人迹罕至的山腰水畔，去贪那孤寂的深味去。在万籁俱寂的瞬间，在水天相映的地方，他看看草木虫鱼，看看白云碧落，便觉得自家是一个孤高傲世的贤人，一个超然独立的隐者。有时在山中遇着一个农夫，他便把自已当作了 Zarathustra，把 Zarathustra 所说的话，也在心里对那农夫讲了。他的 megalomania 也同他的 hypochondria 成了正比例，一天一天的增加起来。在这样的时候，也难怪他不愿意上学校去，去作那同机械一样的工夫去。他竟有连接四五天不上学校去听讲的时候。

有时候他到学校里去，他每觉得众人都在那里凝视他的样子。他避来避去想避他的同学，然而无论到了什么地方，他的同学的眼光，总好像怀了恶意，射在他背脊上的样子。

上课的时候，他虽然坐在全班学生的中间，然而总觉得孤独得很：在稠人广众之中感得的这种孤独，倒比一个人在冷清的地方感得的那种孤独还更难受。看看他的同学，一个个都是兴高采烈的在那里听先生的讲义，只有他一个人身体虽然坐在讲堂里头，心思却同飞云逝电一般，在那里作无边无际的空想。

好容易下课的钟声响了！先生退去之后，他的同学说笑的说笑，谈天的谈天，个个都同春来的燕雀似的，在那里作乐；只有他一个人锁了愁眉，舌根好像被千钧的巨石锤住的样子，兀的不作一声。他也很希望他的同学来对他讲些闲话，然而他的同学却都自家管自家的去寻欢作乐去，一见了他那一副愁容，没有一个不抱头奔散的，因此他愈加怨他的同学了。

“他们都是日本人，他们都是我的仇敌，我总有一天来复仇，我总要复他们的仇。”

一到了悲愤的时候，他总这样的想的，然而到了安静之后，他又不得不嘲骂自家说：

“他们都是日本人，他们对你当然是没有同情的，因为你想得他们的同情，所以你怨他们，这岂不是你自家的错误么？”

他的同学中的好事者，有时候也有人来向他说笑的，他心里虽然非常感激，想同那一个人谈几句知心的话，然而口中总说不出什么话来；所以有几个解他的意的人，也不得不同他疏远了。

批注空间

他的同学日本人在那里欢笑的时候，他总疑他们是在那里笑他，他就一霎时的红起脸来。他们在那里谈天的时候，若有偶然看他一眼的人，他又忽然红起脸来，以为他们是在那里讲他。他同他同学中间的距离，一天一天的远背起来。他的同学都以为他是爱孤独的人，所以谁也不敢来近他的身。

有一天放课之后，他挟了书包回到他的旅馆里来，有三个日本学生同他同路的。将要到他寄寓的旅馆的时候，前面忽然来了两个穿红裙的女学生。在这一区市外的地方，从没有女学生看见的，所以他一见了这两个女子，呼吸就紧缩起来。他们四个人同那两个女子擦过的时候，他的三个日本人的同学都问她们说：

"你们上哪儿去？"

那两个女学生就作起娇声来回答说：

"不知道！"

"不知道！"

那三个日本学生都高声笑起来，好像是很得意的样子；只有他一个人似乎是他自家同她们讲了话似的，匆匆跑回旅馆里来。进了他自家的房，把书包用力的向席上一丢，他就在席上躺下了——日本室内都铺的席子，坐也席地而坐，睡也睡在席上的——他的胸前还在那里乱跳；用了一只手枕着头，一只手按着胸口，他便自嘲自骂的说：

"You coward fellow, you are too coward!

"你既然怕羞，何以又要后悔？

"既要后悔，何以当时你又没有那样的胆量，不同她们去讲一句话？

"Oh, coward, coward!"

说到这里，他忽然想起刚才那两女学生的眼波来了。

那两双活泼泼的眼睛！

那两双眼睛里，确有惊喜的意思含在里头。然而再仔细想了一想，他又忽然叫起来说：

"呆人呆人，她们虽有意思，与你有什么相干？她们所送的秋波，不是单送给那三个日本人的么？唉！唉！她们已经知道了，已经知道我是支那人了，否则她们何以不来看我一眼呢！复仇复仇，我总要复她们的仇。”

说到这里，他那火热的颊上忽然滚了几颗冰冷的眼泪下来。他是伤心到极点了。这一天晚上，他记的日记说：

我何苦要到日本来，我何苦要求学问。既然到了日本，那自然不得不被他们日本人轻侮的。中国呀中国！你怎么不富强起来。我不能再隐忍过去了。

故乡岂不有明媚的山河，故乡岂不有如花的美女？我何苦要到这东海的岛国里来！

到日本来倒也罢了，我何苦又要进这该死的高等学校。他们留了五个月学回去的人，岂不在那里享荣华安乐么？这五六年的岁月，教我怎么能挨得过去。受尽了千辛万苦，积了十数年的学识，我回国去，难道定能比他们来胡闹的留学生更强么？

人生百岁，年少的时候，只有七八年的光景，这最佳最美的七八年，我就不得不在这无情的岛国里虚度过去，可怜我今年已经是二十一了。

槁木的二十一岁！

死灰的二十一岁！

我真还不如变了矿物质的好，我大约没有开花的日子了。

知识我也不要，名誉我也不要，我只要一个能安慰我体谅我的“心”。一副白热的心肠！从这一副心肠里生出来的同情！

从同情而来的爱情！

我所要求的就是爱情！

若有一个美人，能理解我的苦楚，她要我死，我也肯的。

若有一个妇人，无论她是美是丑，能真心真意的爱我，我也愿意为她死的。

我所要求的就是异性的爱情！

苍天呀苍天，我并不要知识，我并不要名誉，我也不要那些无用的金钱，你若能赐我一个伊甸园内的“伊扶”，

批注空间

使她的肉体与心灵全归我有，我就心满意足了。

三

他的故乡，是富春江上的一个小市，去杭州水程不过八九十里。这一条江水，发源安徽，贯流全浙，江形曲折，风景常新；唐朝有一个诗人赞这条江水说“一川如画”。他十四岁的时候，请了一位先生写了这四个字，贴在他的书斋里，因为他的书斋的小窗，是朝着江面的。虽则这书斋结构不大，然而风雨晦明，春秋朝夕的风景，也还抵得过滕王高阁。在这小小的书斋里过了十几个春秋，他才跟了他的哥哥到日本来留学。

他三岁时候就丧了父亲，那时候他家里困苦得不堪。好容易他长兄在日本W大学卒了业，回到北京，考了一个进士，分发在法部当差，不上两年，武昌的革命起来了。那时候他已在县立小学堂卒了业，正在那里换来换去的换中学堂。他家里的人都怪他无恒性，说他的心思太活；然而依他自己讲来，他以为他一个人同别的学生不同，不能按部就班的同他们同在一处求学的。所以他进了K府中学之后，不上半年又忽然转到H府中学来；在H府中学住了三个月，革命就起来了。H府中学停学之后，他依旧只能回到他那小小的书斋里来。第二年的春天，正是他十七岁的时候，他就进了大学的预科。这大学是在杭州城外，本来是美国长老会捐钱创办的，所以学校里浸润了一种专制的弊风，学生的自由，几乎被缩服得同针眼儿一般的小。礼拜三的晚上有什么祈祷会，礼拜日非但不准出去游玩，并且在家里看别的书也不准的，除了唱赞美诗祈祷之外，只许看新旧约书。每天早晨从九点钟到九点二十分，定要去做礼拜，不去做礼拜，就要扣分数记过。他虽然非常爱那学校近旁的山水景物，然而他的心里，总有些反抗的意思，因为他是一个爱自由的人，对那些迷信的管束，怎么也不甘心服从。住不上半年，那大学里的厨子，托了校长的势，竟打起学生来。学生中间有几个不服的，便去告诉校长，校长反说学生不是。他看看这些

批注空间

情形，实在是太无道理了，就立刻去告了退，仍复回家，到那小小的书斋里去。那时候已经是六月初了。

在家里住了三个多月，秋风吹到富春江上，两岸的绿树，就快凋落的时候，他又坐了帆船，下富春江，上杭州去。恰好那时候石牌楼的W中学正在那里招插班生，他进去见了校长M氏，把他的经历说给了M氏夫妻听，M氏就许他插入最高的班里去。这W中学原来也是一个教会学校，校长M氏，也是一个糊涂的美国宣教师，他看看这学校的内容倒比H大学不如了。与一位很卑鄙的教务长——原来这一位先生就是H大学的卒业生——闹了一场，第二年的春天，他就出来了。出了W中学，他看看杭州的学校都不能如他的意，所以他就打算不再进别的学校去。

正是这个时候，他的长兄也在北京被人排斥了。原来他的长兄为人正直得很，在部里办事，铁面无私，并且比一般部内的人物又多了一些学识，所以部内上下都忌惮他。有一天，某次长的私人来问他要一个位置，他执意不肯，因此次长就同他闹起意见来，过了几天，他就辞了部里的职，改到司法界去做司法官去了。他的二兄，那时候正在绍兴军队里作军官，这一位二兄，军人习气颇深，挥金如土，专喜结交侠少。他们弟兄三人，到这时候都不能如意之所为，所以那一小市镇里的闲人都说他们的风水破了。

他回家之后，便镇日镇夜的蛰居在他那小小的书斋里。他父祖及他长兄所藏的书籍，就作了他的良师益友。他的日记上面，一天一天的记起诗来。有时候他也用了华丽的文章做起小说来；小说里就把他自己当作了一个多情的勇士，把他邻近的一家寡妇的两个女儿，当作了贵族的苗裔，把他故乡的风物，全编作了田园的清景；有兴的时候，他还把他自家的小说，用单纯的外国文翻译起来；他的幻想愈演愈大了，他的忧郁症的根苗，大概也就在这时候培养成功的。

在家里住了半年，到了七月中旬，他接到他长兄的来信说：

院内近有派予赴日本考察司法事务之意，予已许院长以东行，大约此事不日可见命令，渡日之先，拟返里小住。三弟居家，断非上策，此次当偕赴日本也。

他接到了这一封信之后，心中日日盼他长兄南来，到了九月下旬，他的兄嫂才自北京到家。住了一月，他就同他的长兄长嫂同到日本去了。

到了日本之后，他的dreams of the romantic age尚未醒悟，模模糊糊的过了半载，他就考入东京第一高等学校里去了。这正是他十九岁的秋天。

第一高等学校将开学的时候，他的长兄接到了院长的命令，要他回去。他的长兄便把他寄托在一家日本人的家里，几天之后，他的长兄长嫂和他的新生的侄女儿就回国去了。

东京的第一高等学校里有一班预备班，是为中国学生特设的。

在这预科里预备一年，卒业之后才能入各地高等学校的正科，与日本学生同学。他考入预科的时候，本来填的是文科，后来将在预科卒业的时候，他的长兄定要他改到医科去，他当时亦没有什么主见，就听了他长兄的话把文科改了。

预科卒业之后，他听说N市的高等学校是最新的，并且N市是日本产美人的地方，所以他就要求到N市的高等学校去。

四

他的二十岁的八月二十九日的晚上，他一个人从东京的中央车站乘了夜行车到N市去。

那一天大约刚是旧历的初三四的样子，同天鹅绒似的又蓝又紫的天空里，洒满了一天星斗。半痕新月，斜挂在西天角上，却似仙女的蛾眉，未加翠黛的样子。他一个人靠着了三等车的车窗，默默的在那里数窗外人家的灯火。火车在暗黑的夜气中间，一程一程的进去，那大都市的星星灯火，也一点一点的朦胧起来，他的胸中忽然生了万千哀感，他的眼睛里就忽然觉得热起来了。

“Sentimental，too sentimental！”

这样的叫了一声，把眼睛揩了一下，他反而自家笑起自家来。

批注空间

"你也没有情人留在东京，你也没有弟兄知己住在东京，你的眼泪究竟是为谁洒的呀！或者是对于你过去的生活的伤感，或者是对你二年间的生活的余情，然而你平时不是说不爱东京的么？

"唉，一年人住岂无情。

"黄莺住久浑相识，欲别频啼四五声！"

胡思乱想的寻思了一会，他又忽然想到初次赴新大陆去的清教徒身上去。

"那些十字架下的流人，离开他故乡海岸的时候，大约也是悲壮淋漓，同我一样的。"

火车过了横滨，他的感情方才渐渐儿的平静起来。呆呆的坐了一忽，他就取了一张明信片出来，垫在海涅（Heine）的诗集上，用铅笔写了一首诗寄他东京的朋友。

> 蛾眉月上柳梢初，又向天涯别故居。
> 四壁旗亭争赌酒，六街灯火远随车。
> 乱离年少无多泪，行李家贫只旧书。
> 夜后芦根秋水长，凭君南浦觅双鱼。

在朦胧的电灯光里，静悄悄的坐了一会，他又把海涅的诗集翻开来看了。

> Lebet wohl, ihr glatten Saele,
> Glatte Herren, glatte, Frauen !
> Auf die Berge will ich steigen,
> Lac end auf euch niederschauen !
> Aus Heines Buch der Lieder.
> 浮薄的尘寰，无情的男女，
> 你看那隐隐的青山，我欲乘风飞去；
> 且住且住，
> 我将从那绝顶的高峰，笑看你终归何处。

单调的轮声，一声声连连续续的飞到他的耳膜上来，不上

批注空间

三十分钟，他竟被这催眠的车轮声引诱到梦幻的仙境里去了。

早晨五点钟的时候，天空渐渐儿的明亮起来。在车窗里向外一望，他只见一线青天还被夜色包住在那里。探头出去一望，一层薄雾，笼罩着一幅天然的画图，他心里想了一想：

“原来今天又是清秋的好天气，我的福分，真可算不薄了。”

过了一个钟头，火车就到了N市的停车场。

下了火车，在车站上遇见了一个日本学生；他看看那学生的制帽上也有两条白线，便知道他也是高等学校的学生。他走上前去，对那学生脱了一脱帽，问他说：

“第×高等学校是在什么地方？”

那学生回答说：

“我们一路去吧。”

他就跟了那学生跑出火车站来；在火车站的前头，乘了电车。

早晨还早得很，N市的店家都还未曾起来。他同那日本学生坐了电车，经过了几条冷清的街巷，就在鹤舞公园前面下了车。他问那日本学生说：

“学校还远得很么？”

“还有二里多路。”

穿过了公园，走到稻田中间的细路上的时候，他看见太阳已经起来了。稻上的露滴，还同明珠似的挂在那里。前面有一丛树林，树林荫里，疏疏落落的看得见几椽农舍。有两三条烟囱筒子，突出在农舍的上面，隐隐约约的浮在清晨的空气里。一缕两缕的青烟，同炉香似的在那里浮动，他知道农家已在那里炊早饭了。

到学校近边的一家旅馆去一问，他一礼拜前头寄出的几件行李，已经到在那里。原来那一家人家是住过中国留学生的，所以主人待他也很殷勤。在那一家旅馆里住下了之后，他觉得前途好像有许多欢乐在那里等他的样子。

他的前途的希望，在第一天的晚上，就不得不被目前的实情嘲弄了。原来他的故里，也是一个小小的市镇。到了东京之后，在人山人海的中间，他虽然时常觉得孤独，然而东京的都市生活，同他幼时的习惯尚无十分龃龉的地方。如今到了这N市的乡下之后，他的旅馆，是一家孤立的人家，四面并无邻舍，左首门外便是一条如发的大道，前后都是稻田，西面是一方池水，并且因为学校还没有开课，别的学生还没有到来，这一家宽旷的旅馆里，只住了他一个客人。白天倒还可以支吾过去，一到了晚上，他开窗一望，四面都是沉沉的黑影，并且因N市的附近是一大平原，所以望眼连天，四面并无遮障之处，远远里有一点灯火，明灭无常，森然有些鬼气。天花板里，又有许多虫鼠，息栗索落的在那里争食。窗外有几株梧桐，微风动叶，飒飒的响得不已，因为他住在二层楼上，所以梧桐的叶战声，近在他的耳边。他觉得害怕起来，几乎要哭出来了。他对于都市的怀乡病（nostalgia），从未有比那一晚更甚的。

学校开了课，他朋友也渐渐儿的多起来。感受性非常强烈的他的性情，也同天空大地丛林野水融和了。不上半年，他竟变成了一个大自然的宠儿，一刻也离不了那天然的野趣了。

他的学校是在N市外，刚才说过N市的附近是一大平原，所以四边的地平线，界限广大得很。那时候日本的工业还没有十分发达，人口也还没有增加得同目下一样，所以他的学校的近边，还多是丛林空地，小阜低冈。除了几家与学生做买卖的文房具店及菜馆之外，附近并没有居民。荒野的中间，只有几家为学生而设的旅馆，同晓天的星影一般，散缀在麦田瓜地的中央。晚饭毕后，披了黑呢的缦斗（1emanteau），拿了爱读的书，在迟迟不落的夕照中间散步逍遥，是非常快乐的。他的田园趣味，大约也是在这Idyllic Wanderings的中间养成的。

在生活竞争并不十分猛烈，逍遥自在，同中古时代一样的时候；在风气纯良，不与市井小人同处，清闲雅淡的地方；过日子正如做梦一般。他到了N市之后，转瞬之间，已经有半载多了。

熏风日夜的吹来，草色渐渐儿的绿起来。旅馆近旁麦田里的麦穗，也一寸一寸的长起来了。草木虫鱼都化育起来，他的从始祖传来的苦闷也一日一日的增长起来，他每天早晨，在被窝里犯的罪恶，也一次一次的加起来了。

他本来是一个非常爱高尚爱洁净的人，然而一到了这邪念发生的时候，他的智力也无用了，他的良心也麻痹了，他从小

批注空间

批注空间

服膺的“身体发肤”“不敢毁伤”的圣训，也不能顾全了。他犯了罪之后，每深自痛悔，切齿的说，下次总不再犯了，然而到了第二天的那个时候，种种幻想，又活泼泼的到他的眼前来。他平时所看见的“伊扶”的遗类，都赤裸裸的来引诱他。中年以后的 madam 的形体，在他的脑里，比处女更有挑发他情动的地方。他苦闷一场，恶斗一场，终究不得不做她们的俘虏。这样的一次成了两次，两次之后就成了习惯了。他犯罪之后，每到图书馆里去翻出医书来看，医书上都千篇一律的说，于身体最有害的就是这一种犯罪。从此之后，他的恐惧心也一天一天的增加起来。有一天他不知道从什么地方得来的消息，好像是一本书上说，俄国近代文学的创设者 Cogol 也犯这一宗病，他到死竟没有改过来，他想到了 Cogol 心里就宽了一宽，因为这《死了的灵魂》的著者，也是同他一样的。然而这不过自家对自家的宽慰而已，他的胸里，总有一种非常的忧虑存在那里。

因为他是非常爱洁净的，所以他每天总要去洗澡一次，因为他是非常爱惜身体的，所以他每天总要去吃几个生鸡子和牛乳；然而他去洗澡或吃牛乳鸡子的时候，他总觉得惭愧得很，因为这都是他的犯罪的证据。

他觉得身体一天一天的衰弱起来，记忆力也一天一天的减退了。他又渐渐儿的生了一种怕见人面的心，见了妇女的时候，他觉得更加难受。学校的教科书，他渐渐的嫌恶起来，法国自然派的小说和中国那几本有名的诲淫小说，他念了又念，几乎记熟了。

有时候他忽然做出一首好诗来，他自家便喜欢得非常，以为他的脑力还没有破坏。那时候他每对着自家起誓说：

“我的脑力还可以使得，还能做得出这样的诗，我以后决不再犯罪了。过去的事实是没法，我以后总不再犯罪了。若从此自新，我的脑力还是很可以的。”

然而，到了紧迫的时候，他的誓言又忘了。

每礼拜四五，或每月的二十六七的时候，他索性尽意的贪起欢来。他的心里想，自下礼拜一或下月初一起，我总不犯罪了。有时候正合到礼拜六或月底的晚上，去剃头洗澡去，以为这就是改过自新的记号，然而过几天，他又不得不吃鸡子和牛乳了。

他的自责心同恐惧心，竟一日也不使他安闲，他的忧郁症也从此厉害起来了。这样的状态继续了一二个月，他的学校里就放了暑假。暑假的两个月内，他受的苦闷，更甚于平时，到了学校开课的时候，他的两颊的颧骨更高起来，他的青灰色的眼窝更大起来，他的一双灵活的瞳人，变了同死鱼的眼睛一样了。

五

秋天又到了。浩浩的苍空，一天一天的高起来。他的旅馆旁边的稻田，都带起黄金色来。朝夕的凉风，同刀也似的刺到人的心骨里去，大约秋冬的佳日，来也不远了。

一礼拜前的有一天午后，他拿了一本 Wordsworth 的诗集，在田塍路上逍遥漫步了半天。从那一天以后，他的循环性的忧郁症，尚未离他的身过。前几天在路上遇着的那两个女学生，常在他的脑里，不使他安静：想起那一天的事情，他还是一个人要红起脸来。

他近来无论上什么地方去，总觉得有坐立难安的样子。他上学校去的时候，觉得他的日本同学都似在那里排斥他。他的几个中国同学，也许久不去寻访了，因为去寻访了回来，他心里反觉得空虚。他的几个中国同学，怎么也不能理解他的心理。他去寻访的时候，总想得些同情回来的，然而谈了几句之后，他又不得不自悔寻访错了。有时候讲得投机，他就任了一时的热意，把他的内外的生活都讲了出来，然而到了归途，他又自悔失言，心理的责备，倒反比不去访友的时候更加厉害。他的几个中国朋友，因此都说他是染了神经病了。他听了这话之后，对了那几个中国同学，也同对日本学生一样，起了一种复仇的心。他同他的几个中国同学，一日一日的疏远起来。虽在路上，或在学校里遇见的时候，他同那几个中国同学，也不点头招呼。中国留学生开会的时候，他当然是不去出席的。因此他同他的几个同胞，竟宛然成了两家仇敌。

他的中国同学的里边，也有一个很奇怪的人：因为他自家的结婚有些道德上的罪恶，所以他专喜讲人的丑事，以掩己之

批注空间

批注空间

不善，说他是神经病，也是这一位同学说的。

他交游离绝之后，孤冷得几乎到将死的地步，幸而他住的旅馆里，还有一个主人的女儿，可以牵引他的心，否则他真只能自杀了。他旅馆的主人的女儿，今年正是十七岁，长方的脸儿，眼睛大得很，笑起来的时候，面上有两颗笑靥，嘴里有一颗金牙看得出来，因为她的笑容是非常可爱，所以她也时常在那里笑的。

他心里虽然非常爱她，然而她送饭来或来替他铺被的时候，他总装出一种兀不可犯的样子来。他心里虽想对她讲几句话，然而一见了她，他总不能开口。她进他房里来的时候，他的呼吸竟急促到吐气不出的地步。他在她的面前实在是受苦不起了，所以近来她进他的房里来的时候，他每不得不跑出房外去。然而他思慕她的心情，却一天一天的浓厚起来。有一天礼拜六的晚上，旅馆里的学生都上 N 市去行乐去。他因为经济困难，所以吃了晚饭，上西面池上去走了一回，就回来了。

回家来坐了一会，他觉得那空旷的二层楼上，只有他一个人在家。静悄悄的坐了不耐烦起来的时候，他又想跑出外面去。然而要跑出外面去，不得不由主人的房门口经过，因为主人和他女儿的房，就在大门的边上。他记得刚才进来的时候，主人和他的女儿正在那儿吃饭。他一想到经过她面前的时候的苦楚，就把跑出外面去的心思丢了。

拿出一本 C．Gissing 的小说来读了三四页之后，静寂的空气里，忽然传了几声煞煞的泼水声音过来。他静静儿的听了一听，呼吸又一霎时的急了起来，面色也涨红了。迟疑了一会，他就轻轻的开了房门，拖鞋也不拖，幽手幽脚的走下扶梯去。轻轻的开了便所的门，他尽兀兀的站在便所的玻璃窗口偷看。原来他旅馆里的浴室，就在便所的间壁，从便所的玻璃窗里看去，浴室里的动静了了可见。他起初以为看一看就可以走的，然而到了一看之后，他竟同被钉子钉住的一样，动也不能动了。

那一双雪样的乳峰！

那一双肥白的大腿！

这全身的曲线！

呼气也不呼，仔仔细细的看了一会，他面上的筋肉都发起痉来。愈看愈颤得厉害，他那发颤的前额部竟同玻璃窗冲击了一下。被蒸气包住的那赤裸裸的“伊扶”便发了娇声问说：

“是谁呀……”

他一声也不响，急忙跳出了便所，就三脚两步的跑上楼上去了。

他跑到了房里，面上同火烧的一样，口也干渴了。一边他自家打自家的嘴巴，一边就把他的被窝拿出来睡了。他在被窝里翻来覆去，总睡不着，便立起了两耳，听起楼下的动静来。他听听泼水的声音也息了，浴室的门开了之后，他听见她的脚步声好像是走上楼来的样子。用被包着了头，他心里的耳朵明明告诉他说：

“她已经立在门外了。”

他觉得全身的血液都往上奔注的样子。心里怕得非常，羞得非常，也喜欢得非常，然而若有人问他，他无论如何，总不肯承认说，这时候他是喜欢的。

他屏住了气息，尖着了两耳听了一会，觉得门外并无动静，又故意咳嗽了一声，门外亦无声响。他正在那里疑惑的时候，忽听见她的声音，在楼下同她的父亲在那里说话。他手里捏了一把冷汗，拼命想听出她的话来，然而无论如何总听不清楚。停了一会，她的父亲高声的笑了起来，他把被蒙头的一罩，咬紧了牙齿说：

“她告诉了他了！她告诉了他了！”

这一天的晚上，他一睡也不曾睡着。第二天的早晨，天亮的时候，他就惊心吊胆的走下楼来。洗了手面，刷了牙，趁主人和他的女儿还没有起来之先，他就同逃也似的出了那个旅馆，跑到外面来。

官道上的沙尘，染了朝露，还未曾干着。太阳已经起来了。他不问皂白，一直的往东走去。远远有一个农夫，拖了一车野菜慢慢的走来。那农夫同他擦过的时候，忽然对他说：

“你早啊！”

他倒惊了一跳，那清瘦的脸上又起了一层红潮，胸前又乱跳起来，他心里想：

“难道这农夫也知道了么？”

批注空间

无头无脑的跑了好久，他回转头来看看他的学校，已经远得很了。太阳也升高了。他摸摸表看，那银饼大的表也不在身边。从太阳的角度看起来，大约已经是九点钟前后的样子。他虽然觉得饥饿得很，然而无论如何，总不愿意再回到那旅馆里去，同主人和他的女儿相见。想去买些零食充一充饥，然而他摸摸自家的袋看，袋里只剩了一角二分钱在那里。他到一家乡下的杂货店内，尽那一角二分钱，买了些零碎的食物，想去寻一处无人看见的地方去吃去。走到了一处两路交叉的十字路口，他朝南一望，只见与他的去路横交的那一条自北趋南的路上，行人稀少得很。那一条路是向南斜低下去的，两面更有高壁在那里，他知道这路是从一条小山中开辟出来的。他刚才走来的那条大道，便是这山的岭脊，十字路当作了中心，与岭脊上的那条大道相交的横路，是两边低斜下去的。在十字路口迟疑了一会，他就取了那一条向南斜下的路走去。走尽了两面的高壁，他的去路就穿入大平原去，直通到彼岸的市内。平原的彼岸有一簇深林，划在碧空的心里，他心里想：

"这大约就是 A 神宫了。"

他走尽了两面的高壁，向左手斜面上一望，见沿高壁的那山面上有一道女墙，围住着几间茅舍，茅舍的门上悬着了"香雪海"三字的一方匾额。他离开了正路，走上几步，到那女墙的门前，顺手的向门一推，那两扇柴门竟自开了。他就随随便便的踏了进去：门内有一条曲径，自门口通过了斜面，直达到山上去的。曲径的两旁，有许多苍老的梅树种在那里，他知道这就是梅林了。顺了那一条曲径，往北的从斜面上走到山顶的时候，一片同图画似的平地，展开在他的眼前。这园自从山脚上起，跨有朝南的半山斜面，同顶上的一块平地，布置得非常幽雅。

山顶平地的西面是千仞的绝壁，与隔岸的绝壁相对峙，两壁的中间，便是他刚走过的那一条自北趋南的通路。背临着了那绝壁，有一间楼屋，几间平屋造在那里。因为这几间屋，门窗都闭在那里，他所以知道这定是为梅花开日卖酒食用的。楼屋的前面有一块草地，草地中间有几方白石，围成了一个花圈，圈子里，卧着一枝老梅。那草地的南尽头，山顶的平地正要向南斜下去的地方，有一块石碑立在那里，系记这梅林的历史的。他在碑前的草地上坐下之后，就把买来的零食拿出来吃了。

吃了之后，他兀兀的在草地上坐了一会。四面并无人声，远远的树枝上时有一声两声的鸟鸣声飞来。他仰起头来看看澄清的碧空，同那皎洁的日轮，觉得四面的树枝房屋，小草飞禽，都一样的在和平的太阳光里受大自然的化育。他那昨天晚上的犯罪的记忆，正同远海的帆影一般，不知消失到哪里去了。

这梅林的平地上和斜面上，又来又去的曲径很多。他站起来走来走去的走了一会，方晓得斜面上梅树的中间，更有一间平屋造在那里。从这一间房屋往东的走去几步，有眼古井，埋在松叶堆中。他摇摇井上的唧筒看：呷呷的响了几声，却抽不起水来。他心里想：

“这园大约只有梅花开的时候开放一下，平时总没有人住的。”

想到这里，他又自言自语的说：

“既然空在这里，我何妨去问园主人去借住借住。”

想定了主意，他就跑下山来，打算去寻园主人去。他将走到门口的时候，却好遇见一个五十来岁的农夫走进园来。他对那农夫道歉之后，就问他说：

“这园是谁的，你可知道么？”

“这园是我经管的。”

“你住在什么地方的？”

“我住在路的那面的。”

一边这样的说，一边那农民指着道路四边的一间小屋给他看。他向西一看，果然在四边的高壁尽头的地方，有一间小屋在那里。他点了点头，又问说：

“你可以把园内的那间楼屋租给我住住么？”

“可是可以的，你只一个人么？”

“我只一个人。”

“那你可不必搬来的。”

“这是什么缘故呢？”

“你们学校的学生，已经有几次搬来过了，大约都因为冷静不过，住不上十天就搬走的。”

“我可同别人不同，你但能租给我，我是不怕冷静的。”

“这样岂有不租的道理，你想什么时候搬来？”

“就是今天午后吧。”

“可以的，可以的。”

“请你替我扫一扫干净，免得搬来之后着忙。”

“可以可以，再会！”

“再会！”

六

搬进了山上梅园之后，他的忧郁症（hypochondria）又变起形状来了。

他同他的北京的长兄，为了一些儿细事，竟生起龃龉来。他发了一封长长的信，寄到北京，同他的长兄绝了交。

那一封信发出之后，他呆呆的在楼前草地上想了许多时候。他自家想想看，他便是世界上最不幸的人了。其实这一次的决裂，是发始于他的。同室操戈，事更甚于他姓之相争，自此之后，他恨他的长兄竟同蛇蝎一样。他被他人欺侮的时候，每把他长兄拿出来作比：

“自家的弟兄尚且如此，何况他人呢！”

他每达到这一个结论的时候，必尽把他长兄待他苛刻的事情，细细回想出来。把各种过去的事迹列举出来之后，就把他长兄判决是一个恶人，他自家是一个善人。他又把自家的好处列举出来，把他所受的苦处夸大的细数起来。他证明得自家是一个世界上最苦的人的时候，他的眼泪就同瀑布似的流下来。他在那里哭的时候，空中好像有一种柔和的声音对他说：

“啊吓，哭的是你么？那真是冤屈了你了。像你这样的善人，受世人的那样的虐待，这可是真冤屈了你了。罢了罢了，这也是天命，你别再哭了，怕伤害了你的身体！”

他心里一听到这一种声音，就舒畅起来。他觉得悲苦的中间，也有无穷的甘味在那里。

批注空间

他因为想复他长兄的仇，所以就把所学的医科丢弃了，改入文科里去。他的意思，以为医科是他长兄要他改的，仍旧改回文科，就是对他长兄宣战的一种明示。并且他由医科改入文科，在高等学校须迟卒业一年。他心里想，迟卒业一年，就是早死一岁，你若因此迟了一年，就到死可以对你长兄含一种敌意。因为他恐怕一二年之后，他们兄弟两人的感情，仍旧和好起来；所以这一次的转科，便是帮他永久敌视他长兄的一个手段。

气候渐渐儿的寒冷起来，他搬上山来之后，已经有一个月了。几日来天气阴郁，灰色的层云，天天挂在空中。寒冷的北风吹来的时候，梅林的树叶已将凋落起来。

初搬来的时候，他卖了些旧书，买了许多炊饭的器具，自家烧了一个月饭，因为天冷了，他也懒得烧了。他每天的伙食，就一切包给了山脚下的园丁家包办，他近来只同退院的闲僧一样，除了怨人骂己之外，更没有别的事了。

有一天早晨，他侵早的起来。把朝东的窗门开了之后，他看见前面的地平线上有几缕红云，在那里浮荡。东天半角，反照出一种银红的灰色。因为昨天下了一天微雨，所以他看了这清新的旭日，比平日更添了几分欢喜。他走到山的斜面上，从那古井里汲了水，洗了手面之后，觉得满身的气力，一霎时回复转来的样子。他便跑上楼去，拿了一本黄仲则的诗集下来，一边高声朗读，一边尽在那梅林的曲径里，跑来跑去的跑圈子。不多一会，太阳起来了。

从他住的山顶向南方看去，眼下看得出一大平原。平原里的稻田都尚未收割起。金黄的谷色，以绀碧的天空作了背景，反映着一天太阳的晨光，那风景正同看密来（Millet）的田园清画一般。

他觉得自家好像已经变了几千年前的原始基督教徒的样子，对了这自然的默示，他不觉笑起自家的气量狭小起来。

“饶赦了！饶赦了！你们世人得罪于我的地方，我都饶赦了你们罢！来，你们来，都来同我讲和罢！”

手里拿着了那一本诗集，眼里浮着了两泓清泪，正对了那平原的秋色呆呆的立在那里想这些事情的时候，他忽听见他的

批注空间

近边，有两人在那里低声的说：

“今晚上你一定要来的哩！”

这分明是男子的声音。

“我是非常想来的，但是恐怕……”

他听了这娇滴滴的女子的声音之后，好像是被电气贯穿了的样子，觉得自家的血液循环都停止了。原来他的身边有一丛长大的苇草生在那里，他立在苇草的右面，那一对男女，大约是在苇草的左面，所以他们两个还不晓得隔着苇草，有人站在那里。那男人又说：

“你心真好，请你今晚来吧，我们到如今还没在被窝里××。”

“……”

他忽然听见两人的嘴唇，咂咂的好像在那里吮吸的样子。他正同偷了食的野狗一样，就惊心吊胆的把身子屈倒去听了。

“你去死罢，你去死罢，你怎么会下流到这样的地步。”

他心里虽然如此的在那里痛骂自己，然而他那一双尖着的耳朵却一言半语也不愿意遗漏，用了全副精神在那里听着。

地上的落叶索息索息的响了一下。

解衣带的声音。

男人嘶嘶的吐了几口气。

舌尖吮吸的声音。

女人半轻半重，断断续续的说：

“你！……你！……你快……快××罢。……别……别……别被人……被人看见了。”

他的面色，一霎时的变了灰色了。他的眼睛同火也似的红了起来。他的上颚骨同下颚骨呷呷的发起颤来。他再也站不住了。他想跑开去，但是他的两只脚，总不听他的话。他苦闷了一场，听听两人出去了之后，就同落水的猫狗一样，回到楼上房里去，拿出被窝来睡了。

七

他饭也不吃，一直在被窝里睡到午后四点钟的时候才起来。

那时候夕阳洒满了远近。平原的彼岸的树林里，有一带苍烟，悠悠扬扬的笼罩在那里。他踉踉跄跄的走下了山，上了那一条自北趋南的大道，穿过了那平原，无头无绪的尽是向南走去。走尽了平原，他已经到了 A 神宫前的电车停留处了。那时候恰好从南面有一乘电车到来，他不知不觉就乘了上去，既不知道他究竟为什么要乘电车，也不知道这电车是往什么地方去的。

走了十五六分钟，电车停了，开车的教他换车，他就换了一乘车。走了二三十分钟，电车又停了，他听见说是终点了，他就走了下来。他的面前就是筑港了。

前面一片汪洋的大海，横在午后的太阳光里，在那里微笑。超海而南有一发青山，隐隐的浮在透明的空气里。西边是一脉长堤，直驰到海湾的心里去。堤外有一处灯台，同巨人似的立在那里。几艘空船和几只舢板，轻轻的在系着的地方浮荡。海中近岸的地方，有许多浮标，饱受了斜阳，红红的浮在那里。远处风来，带着几句单调的话声，既听不清楚是什么话，也不知道是从哪里来的。

他在岸边上走来走去走了一会，忽听见那一边传过了一阵击磬的声来。他跑过去一看，原来是为唤渡船而发的。他立了一会，看有一只小火轮从对岸过来了。跟着了一个四五十岁的工人，他也进了那只小火轮去坐下了。

渡到东岸之后，上前走了几步，他看见靠岸有一家大庄子在那里。大门开得很大，庭内的假山花草，布置得楚楚可爱。他不问是非，就踱了进去。走不上几步，他忽听得前面家中有女人的娇声叫他说：

“请进来吓！”

他不觉惊了一头，就呆呆的站住了。他心里想：

“这大约就是卖酒食的人家，但是我听见说，这样的地方，总有妓女在那里的。”

一想到这里，他的精神就抖擞起来，好像是一桶冷水浇上身来的样子。他的面色立时变了。要想进去又不能进去，要想出来又不得出来；可怜他那同兔儿似的小胆，同猿猴似的淫心，竟把他陷到一个大大的难境里去了。

“进来吓！请进来吓！”里面又娇滴滴的叫了起来，带着笑声。

“可恶东西，你们竟敢欺我胆小么？”

这样的怒了一下，他的面色更同火也似的烧了起来。咬紧了牙齿，把脚在地上轻轻的蹬了一蹬，他就捏了两个拳头向前进去，好像是对了那几个年轻的侍女宣战的样子。但是他那青一阵红一阵的面色，和他的面上微微儿在那里振动的筋肉，他总隐藏不过。他走到那几个侍女的面前的时候，几乎要同小孩似的哭出来了。

“请上来！”

“请上来！”

他硬了头皮，跟了一个十七八岁的侍女走上楼去，那时候他的精神已经有些镇静下来了。走了几步，经过一条暗暗的夹道的时候，一阵恼人的粉花香气，同日本女人特有的一种肉的香味，和头发上的香油气息合作了一处，扑上他的鼻孔里来。他立刻觉得头晕起来，眼睛里看见了几颗火星，向后面跌也似的退了一步。他再定睛一看，只见他的前面黑暗暗的中间，有一长圆形的女人的粉面，堆着了微笑在那里问他说：

“你！你还是上靠海的地方去呢，还是怎样？”

他觉得女人口里吐出来的气息，也热和和的喷上他的面来。他不知不觉把这气息深深的吸了一口。他的意识感觉到他这行为的时候，他的面色又立刻红了起来。他不得已只能含含糊糊的答应她说：

“上靠海的房间里去。”

进了一间靠海的小房间，那侍女便问他要什么菜。他就回答说：

“随便拿几样来吧。”

“酒要不要？”“要的。”

那侍女出去之后，他就站起来推开了纸窗，从外边放了一阵空气进来。因为房里的空气沉浊得很，他刚才在夹道中闻过的那一阵女人的香味，还剩在那里，他实在是被这一阵气味压迫不过了。

一湾大海，静静的浮在他的面前。外边好像是起了微风的样子，一片一片的海浪，受了阳光的返照，同金鱼的鱼鳞似的在那里微动。他立在窗前看了一会，低声的吟了一句诗出来：

“夕阳红上海边楼。”

他向西一望，见太阳离西南的地平线只有一丈多高了。呆呆的看了一会，他的心思怎么也离不开刚才的那个侍女。她的口里的头上的面上的和身体上的那一种香味，怎么也不容他的心思去想别的东西。他才知道他想吟诗的心是假的，想女人的肉体的心是真的了。

停了一会，那侍女把酒菜搬了进来，跪坐在他的面前，亲亲热热的替他上酒。他心里想仔仔细细的看她一看，把他的心里的苦闷都告诉了她，然而他的眼睛怎么也不敢平视她一眼，他的舌根怎么也不能摇动一摇动。他不过同哑子一样，偷看着她那搁在膝上的一双纤嫩的白手，同衣缝里露出来的一条粉红的围裙角。

原来日本的妇人都不穿裤子，身上贴肉只围着一条短短的围裙。外边就是一件长袖的衣服，衣服上也没有钮扣，腰里只缚着一条一尺多宽的带子，后面结着一个方结。她们走路的时候，前面的衣服每一步一步的掀开来，所以红色的围裙，同肥白的腿肉，每能偷看。这是日本女子特别的美处，他在路上遇见女子的时候，注意的就是这些地方。他切齿的痛骂自己，畜生！狗贼！卑怯的人！也便是这个时候。

他看了那侍女的围裙角，心里便乱跳起来。愈想同她说话，他觉得愈讲不出话来。大约那侍女是看得不耐烦起来了，便轻轻的问他说：

“你府上是什么地方？”

一听了这一句话，他那清瘦苍白的面上，又起了一层红色；含含糊糊的回答了一声，他呐呐的总说不出话来。可怜他又站在断头台上了。

原来日本人轻视中国人，同我们轻视猪狗一样。日本人都叫中国人作“支那人”，这“支那人”三字，在日本，比我们骂人的“贱贼”还更难听，如今在一个如花的少女前头，他不得不自认说“我是支那人”了。

“中国呀中国，你怎么不强大起来！”

批注空间

批注空间

他全身发起痉来，他的眼泪又快滚下来了。

那侍女看他发颤发得厉害，就想让他一个人在那里喝酒，好教他把精神安镇安镇，所以对他说：

“酒就快没有了，我再去拿一瓶来吧。”

停了一会，他听得那侍女的脚步声又走上楼来。他以为她是上他这里来的，所以就把衣服整了一整，姿势改了一改。但是他被她欺了。她原来是领了两三个另外的客人，上间壁的那一间房间里去的。那两三个客人都在那里对那侍女取笑，那侍女也娇滴滴的说：

“别胡闹了，间壁还有客人在那里。”

他听了就立刻发起怒来。他心里骂他们说：

“狗才！俗物！你们都敢来欺侮我么？复仇复仇，我总要复你们的仇。世间哪里有真心的女子！那侍女的负心东西，你竟敢把我丢了么？罢了罢了，我再也不爱女人了，我再也不爱女人了。我就爱我的祖国，我就把我的祖国当作了情人吧。”

他马上就想跑回去发愤用功。但是他的心里，却很羡慕那间壁的几个俗物。他的心里，还有一处地方在那里盼望那个侍女再回到他这里来。

他按住了怒，默默的喝干了几杯酒，觉得身上热起来。打开了窗门，他看看太阳就快要下山去了。又连饮了几杯，他觉得他面前的海景都朦胧起来。西面堤外的那灯台的黑影，长大了许多。一层茫茫的薄雾，把海天融混作了一处。在这一层混沌不明的薄纱影里，西方那将落不落的太阳，好像在那里惜别的样子。他看了一会，不知道是什么缘故，只觉得好笑。呵呵的笑了一回，他用手擦擦自家那火热的双颊，便自言自语的说：

“醉了醉了！”

那侍女果然进来了。见他红了脸，立在窗口在那里痴笑，便问他说：

“窗开了这样大，你不冷的么？”

“不冷不冷，这样好的落照，谁舍得不看呢？”

“你真是一个诗人呀！酒拿来了。”

“诗人！我本来是一个诗人。你去把纸笔拿了来，我马上写一首诗给你看看。”

那侍女出去了之后，他自家觉得奇怪起来。他心里想：

“我怎么会变了这样大胆的？”

痛饮了几杯新拿来的热酒，他更觉得快活起来，又禁不得呵呵的笑了一阵。他听见间壁房间里的那几个俗物，高声的唱起日本歌来，他也放大了嗓子唱着说：

“醉拍栏杆酒意寒，江湖牢落又冬残。剧怜鹦鹉中州骨，未拜长沙太傅官。一饭千金图报易，五噫几辈出关难。茫茫烟水回头望，也为神州泪暗弹。”

高声的念了几遍，他就在席上醉倒了。

八

一醉醒来，他看见自家睡在一条红绸的被里，被上有一种奇怪的香气。这一间房间也不很大，但已不是白天的那一间房间了。房中挂着一盏十烛光的电灯，枕头边上摆着了一壶茶，两只杯子。他倒了二三杯茶，喝了之后，就踉踉跄跄的走到房外去。他开了门，却好白天的那侍女也跑过来了。她问他说：

“你！你醒了么？”

他点了一点头，笑微微的回答说：

“醒了。厕所是在什么地方的？”

“我领你去吧。”

他就跟了她去。他走过日间的那道夹道的时候，电灯点得明亮得很。远近有许多歌唱的声音，三弦的声音，大笑的声音，传到他的耳朵里来。白天的情节，他都想了出来。一想到酒醉之后，他对那侍女说的那些话的时候，他觉得面上又发起烧来。

从厕所回到房里之后，他问那侍女说：

“这被是你的么？”

侍女笑着说：

“是的。”

“现在是什么时候了？”

“大约是八点四十五分的样子。”

批注空间

批注空间

“你去开了账来罢！”

“是。”

他付清了账，又拿了一张纸币给那侍女，他的手不觉微颤起来。那侍女说：

“我是不要的。”

他知道她是嫌少了。他的面色又涨红了，袋里摸来摸去，只有一张纸币了，他就拿了出来给她说：

“你别嫌少了，请你收了吧。”

他的手震动得更加厉害。他的话声也颤动起来了。那侍女对他看了一眼，就低声的说：

“谢谢！”

他一直的跑下了楼，套上了皮鞋，就走到外面来。

外面冷得非常，这一天，大约是旧历的初八九的样子。半轮寒月，高挂在天空的左半边。淡青的圆形天盖里，也有几点疏星，散在那里。

他在海边上走了一会，看看远岸的渔灯，同鬼火似的在那里招引他。细浪中间，映着了银色的月光，好像是山鬼的眼波，在那里开闭的样子。不知是什么道理，他忽想跳入海里去死了。

他摸摸身边看，乘电车的钱也没有了。想想白天的事情看，他又不得不痛骂自己。

“我怎么会走上那样的地方去的，我已经变了一个最下等的人了。悔也无及，悔也无及。我就在这里死了吧。我所求的爱情，大约是求不到了。没有爱情的生涯，岂不同死灰一样么？唉，这干燥的生涯，这干燥的生涯。世上的人又都在那里仇视我，欺侮我，连我自家的亲兄弟，自家的手足，都在那里挤我出去到这世界外去。我将何以为生，我又何必生存在这多苦的世界里呢！”

想到这里，他的眼泪就连连续续的滴下来。他那灰白的面色，竟同死人没有分别了。他也不举起手来揩揩眼泪，月光射到他的面上，两条泪线倒变了叶上的朝露一样放起光来。他回转头来，看看他自家的那又瘦又长的影子，不觉心痛起来。

“可怜你这清影，跟了我二十一年，如今这大海就是你的葬身地了。我的身子，虽然被人家欺辱，我可不该累你也瘦弱到这地步的。影子呀影子，你饶了我罢！”

他向西面一看，那灯台的光，一霎变了红一霎变了绿的，在那里尽它的本职。那绿的光射到海面上的时候，海面就现出一条淡青的路来。再向西天一看，他只见西方青苍苍的天底下，有一颗明星，在那里摇动。

“那一颗摇摇不定的明星的底下，就是我的故国，也就是我的生地。我在那一颗星的底下，也曾送过十八个秋冬。我的乡土吓，我如今再不能见你的面了。”

他一边走着，一边尽在那里自伤自悼的想这些伤心的哀话。走了一会，再向那西方的明星看了一眼，他的眼泪便同骤雨似的落下来。他觉得四边的景物，都模糊起来。把眼泪揩了一下，立住了脚，长叹了一声，他便断断续续的说：

“祖国呀祖国！我的死是你害我的！”

“你快富起来，强起来吧！”

“你还有许多儿女在那里受苦呢！”

一九二一年五月九日改作

（原载小说集《沉沦》，一九二一年十月十五日上海泰东图书局初版）

简 析

“文如其人”，《沉沦》是一篇主观色彩强烈的自叙传小说，文中虽然用的是第三人称，但主人公却是作者的精神化身。时值青春年少，作品主人公是正在留学日本的“他”，由于受到种族歧视和周围日本同学的冷遇，深感孤独和自卑，从而导致心理变态和性的苦闷，失去了生活的信心和勇气，不能自拔地沉沦下去，直至投海自杀。作者采用大胆的自我暴露的方式，直接对这种变态的性心理作了详尽细腻的描写。这对传统礼教是一个猛烈冲击，给人以极其直率真诚的新鲜感。他临死前的呼喊，更让我们听到了一位爱国青年的心声。

春风沉醉的晚上

一

在沪上闲居了半年，因为失业的结果，我的寓所迁移了三处。最初我住在静安寺路南的一间同鸟笼似的永也没有太阳晒着的自由的监房里。这些自由的监房的住民，除了几个同强盗小窃一样的凶恶裁缝之外，都是些可怜的无名文士，我当时所以送了那地方一个 Yellow Grub Street 的称号。在这 Grub Street 里住了一个月，房租忽涨了价，我就不得不拖了几本破书，搬上跑马厅附近一家相识的栈房里去。后来在这栈房里又受了种种逼迫，不得不搬了，我便在外白渡桥北岸的邓脱路中间，日新里对面的贫民窟里，寻了一间小小的房间，迁移了过去。

邓脱路的这几排房子，从地上量到屋顶，只有一丈几尺高。我住的楼上的那间房间，更是矮小得不堪。若站在楼板上伸一伸懒腰，两只手就要把灰黑的屋顶穿通的。从前面的衖里踱进了那房子的门，便是房主的住房。在破布，洋铁罐，玻璃瓶，旧铁器堆满的中间，侧着身子走进两步，就有一张中间有几根横档跌落的梯子靠墙摆在那里。用了这张梯子往上面的黑黝黝的一个二尺宽的洞里一接，即能走上楼去。黑沉沉的这层楼上，本来只有猫额那样大，房主人却把它隔成了两间小房，外面一间是一个 N 烟公司的工女住在那里，我所租的是梯子口头的那间小房，因为外间的住者要从我的房里出入，所以我的每月的房租要比外间的便宜几角小洋。

批注空间

我的房主，是一个五十来岁的弯腰老人。他的脸上的青黄色里，映射着一层暗黑的油光。两只眼睛是一只大一只小，颧骨很高，额上颊上的几条皱纹里满砌着煤灰，好像每天早晨洗也洗不掉的样子。他每日于八九点钟的时候起来，咳嗽一阵，便挑了一只竹篮出去，到午后的三四点钟总仍旧是挑了一只空篮回来的，有时挑了满担回来的时候，他的竹篮里便是那些破布，破铁器，玻璃瓶之类。像这样的晚上，他必要去买些酒来喝喝，一个人坐在床沿上瞎骂出许多不可捉摸的话来。

我与间壁的同寓者的第一次相遇，是在搬来的那天午后。春天的急景已经快晚了的五点钟的时候，我点了一支蜡烛，在那里安放几本刚从栈房里搬过来的破书。先把它们叠成了两方堆，一堆小些，一堆大些，然后把两个二尺长的装画的画架覆在大一点的那堆书上。因为我的器具都卖完了，这一堆书和画架白天要当写字台，晚上可当床睡的。摆好了画架的板，我就朝着了这张由书叠成的桌子，坐在小一点的那堆书上吸烟，我的背系朝着梯子的接口的。我一边吸烟，一边在那里呆看放在桌子上的蜡烛火，忽而听见梯子口上起了响动。回头一看，我只见了一个自家的扩大的投射影子，此外什么也辨不出来，但我的听觉分明告诉我说：“有人上来了。”我向暗中凝视了几秒钟，一个圆形灰白的面貌，半截纤细的女人的身体，方才映到我的眼帘上来。一见了她的容貌，我就知道她是我的间壁的同居者了。因为我来找房子的时候，那房主的老人便告诉我说，这屋里除了他一个人外，楼上只住着一个工女。我一则喜欢房价的便宜，二则喜欢这屋里没有别的女人小孩，所以立刻就租定了的。等她走上了梯子，我才站起来对她点了点头说：

“对不起，我是今朝才搬来的。以后要请你照应。”

她听了我这话，也并不回答，放了一双漆黑的大眼，对我深深的看了一眼，就走上她的门口去开了锁，进房去了。我与她不过这样的见了一面，不晓是什么原因，我只觉得她是一个可怜的女子。她的高高的鼻梁，灰白长圆的面貌，清瘦不高的身体，好像都是表明她是可怜的特征。但是当时正为了生活问题在那里操心的我，也无暇去怜惜这还未曾失业的工女，过了

批注空间

几分钟我又动也不动的坐在那一小堆书上看蜡烛光了。

在这贫民窟里过了一个多礼拜，她每天早晨七点钟去上工和午后六点多钟下工回来，总只见我呆呆的对着了蜡烛或油灯坐在那堆书上。大约她的好奇心被我那痴不痴呆不呆的态度挑动了罢，有一天她下了工走上楼来的时候，我依旧和第一天一样的站起来让她过去。她走到了我的身边忽而停住了脚，看了我一眼，吞吞吐吐好像怕什么似的问我说：

“你天天在这里看的是什么书？”

（她操的是柔和的苏州音，听了这一种声音以后的感觉，是怎么也写不出来的，所以我只能把她的言语译成普通的白话。）

我听了她的话，反而脸上涨红了。因为我天天呆坐在那里，面前虽则有几本外国书摊着，其实我的脑筋昏乱得很，就是一行一句也看不进去。有时候我只用了想象在书的上一行与下一行中间的空白里，填些奇异的模型进去。有时候我只把书里边的插画翻开来看看，就了那些插画演绎些不近人情的幻想出来。我那时候的身体因为失眠与营养不良的结果，实际上已经成了病的状态了。况且又因为我的唯一的财产的一件棉袍子已经破得不堪，白天不能走出外面去散步和房里全没有光线进来，不论白天晚上，都要点着油灯或蜡烛的缘故，非但我的全部健康不如常人，就是我的眼睛和脚力，也局部的非常萎缩了。在这样状态下的我，听了她这一问，如何能够不红起脸来呢？所以我只是含含糊糊的回答说：

“我并不在看书，不过什么也不做呆坐在这里，样子一定不好看，所以把这几本书摊放着的。”她听了这话，又深深的看了我一眼，作了一种不了解的形容，依旧的走到她的房里去了。

那几天里，若说我完全什么事情也不去找，什么事情也不曾干，却是假的。有时候，我的脑筋稍微清新一点下来，也会译过几首英法的小诗，和几篇不满四千字的德国的短篇小说，于晚上大家睡熟的时候，不声不响的出去投邮，寄投给各新开的书局。因为当时我的各方面就职的希望，早已经完全断绝了，只有这一方面，还能靠了我的枯燥的脑筋，想想法子看。万一中了他们编辑先生的意，把我译的东西登了出来，也不难得着几块钱的酬报。所以我自迁移到邓脱路以后，当她第一次同我讲话的时候，这样的译稿已经发出了三四次了。

批注空间

二

在乱昏昏的上海租界里住着，四季的变迁和日子的过去是不容易觉得的。我搬到了邓脱路的贫民窟之后，只觉得身上穿在那里的那件破棉袍子一天一天的重了起来，热了起来，所以我心里想：

“大约春光也已经老透了罢！”

但是囊中很羞涩的我，也不能上什么地方去旅行一次，日夜只是在那暗室的灯光下呆坐。有一天，大约是午后了，我也是这样的坐在那里，间壁的同住者忽而手里拿了两包用纸包好的物件走了上来，我站起来让她走的时候，她把手里的纸包放了一包在我的书桌上说：

“这一包是葡萄浆的面包，请你收藏着，明天好吃的。另外我还有一包香蕉买在这里，请你到我房里来一道吃罢！”

我替她拿住了纸包，她就开了门邀我进她的房里去。共住了这十几天，她好像已经信用我是一个忠厚的人的样子。我见她初见我的时候脸上流露出来的那一种疑惧的形容完全没有了。我进了她的房里，才知道天还未暗，因为她的房里有一扇朝南的窗，太阳反射的光线从这窗里投射进来，照见了小小的一间房，由二条板铺成的一张床，一张黑漆的半桌，一只板箱，和一只圆凳。床上虽则没有帐子，但堆着有二条洁净的青布被褥。半桌上有一只小洋铁箱摆在那里，大约是她的梳头器具，洋铁箱上已经有许多油污的点子了。她一边把堆在圆凳上的几件半旧的洋布棉袄，粗布裤等收在床上，一边就让我坐下。我看了她那殷勤待我的样子，心里倒不好意思起来，所以就对她说：

“我们本来住在一处，何必这样的客气。”

“我并不客气，但是你每天当我回来的时候，总站起来让路，我却觉得对不起得很。”

批注空间

这样的说着，她就把一包香蕉打开来让我吃。她自家也拿了一只，在床上坐下，一边吃一边问我说：

"你何以只住在家里，不出去找点事情做做？"

"我原是这样的想，但是找来找去总找不着事情。"

"你有朋友么？"

"朋友是有的，但是到了这样的时候，他们都不和我来往了。"

"你进过学堂么？"

"我在外国的学堂里曾经念过几年书。"

"你家在什么地方？何以不回家去？"

她问到了这里，我忽而感觉到我自己的现状了。因为自去年以来，我只是一日一日的萎靡下去，差不多把"我是什么人"，"我现在所处的是怎么一种境遇"，"我的心里还是悲还是喜"这些观念都忘掉了。经她这一问，我重新把半年来困苦的情形一层一层的想了出来。所以听她的问话以后，我只是呆呆的看她，半晌说不出话来。她看了我这个样子，以为我也是一个无家可归的流浪人，脸上就立时起了一种孤寂的表情，微微的叹着说：

"唉！你也是同我一样的么？"

微微的叹了一声之后，她就不说话了。我看她的眼圈上有些潮红起来，所以就想了一个另外的问题问她说：

"你在工厂里做的是什么工作？"

"是包纸烟的。"

"一天作几个钟头工？"

"早晨七点钟起，晚上六点钟止，中上休息一个钟头，每天一共要作十个钟头的工。少作一点钟就要扣钱的。"

"扣多少钱？"

"每月九块钱，所以是三块钱十天，三分大洋一个钟头。"

"饭钱多少？"

"四块钱一月。"

"这样算起来，每月一个钟头也不休息，除了饭钱，可省下五块钱来。够你付房钱买衣服的么？"

"哪里够呢！并且那管理人又……啊啊！……我……我所以非常恨工厂的。你吸烟的么？"

“吸的。”

“我劝你顶好还是不吸。就吸也不要去吸我们工厂的烟。我真恨死它在这里。”

我看看她那一种切齿怨恨的样子，就不愿意再说下去。把手里捏着的半个吃剩的香蕉咬了几口，向四边一看，觉得她的房里也有些灰黑了，我站起来道了谢，就走回到了我自己的房里。她大约作工倦了的缘故，每天回来大概是马上就入睡的，只有这一晚上，她在房里好像是直到半夜还没有就寝。从这一回之后，她每天回来，总和我说几句话。我从她自家的口里听得，知道她姓陈，名叫二妹，是苏州东乡人，从小系在上海乡下长大的。她父亲也是纸烟工厂的工人，但是去年秋天死了。她本来和她父亲同住在那间房里，每天同上工厂去的，现在却只剩了她一个人了。她父亲死后的一个多月，她早晨上工厂去也一路哭了去，晚上回来也一路哭了回来的。她今年十七岁，也无兄弟姊妹，也无近亲的亲戚。她父亲死后的葬殓等事，是他于未死之前把十五块钱交给楼下的老人，托这老人包办的。她说：

“楼下的老人倒是一个好人，对我从来没有起过坏心，所以我得同父亲在日一样的去作工；不过工厂的一个姓李的管理人却坏得很，知道我父亲死了，就天天想戏弄我。”

她自家和她父亲的身世，我差不多全知道了，但她母亲是如何的一个人，死了呢还是活在哪里，假使还活着，住在什么地方等等，她却从来还没有说及过。

三

天气好像变了。几日来我那独有的世界，黑暗的小房里的腐浊的空气，同蒸笼里的蒸气一样，蒸得人头昏欲晕。我每年在春夏之交要发的神经衰弱的重症，遇了这样的气候，就要使我变成半狂。所以我这几天来，到了晚上，等马路上人静之后，也常常走出去散步去。一个人在马路上从狭隘的深蓝天空里看看群星，慢慢的向前行走，一边作些漫无涯的空想，倒是于我

批注空间

批注空间

的身体很有利益。当这样的无可奈何，春风沉醉的晚上，我每要在各处乱走，走到天将明的时候才回家里。我这样的走倦了回去就睡，一睡直可睡到第二天的日中，有几次竟要睡到二妹下工回来的前后方才起来。睡眠一足，我的健康状态也渐渐的回复起来了。平时只能消化半磅面包的我的胃部，自从我的深夜游行的练习开始之后，进步得几乎能容纳面包一磅了。这事在经济上虽则是一大打击，但我的脑筋，受了这些滋养，似乎比从前稍能统一。我于游行回来之后，就睡之前，却做成了几篇 Allan Poe 式的短篇小说，自家看看，也不很坏。我改了几次，抄了几次，一一投邮寄出之后，心里虽然起了些微细的希望，但是想想前几回的译稿的绝无消息，过了几天，也便把它们忘了。

邻住者的二妹，这几天来，当她早晨出去上工的时候，我总在那里酣睡，只有午后下工回来的时候，有几次有见面的机会。但是不晓是什么原因，我觉得她对我的态度，又回到从前初见面的时候的疑惧状态去了。有时候她深深的看我一眼，她的黑晶晶，水汪汪的眼睛里，似乎是满含着责备我规劝我的意思。

我搬到这贫民窟里住后，约摸已经有二十多天的样子。一天午后我正点上蜡烛，在那里看一本从旧书铺里买来的小说的时候，二妹却急急忙忙的走上楼来对我说：

“楼下有一个送信的在那里，要你拿了印子去拿信。”

她对我讲这话的时候，她的疑惧我的态度更表示得明显，她好像在那里说：“呵呵，你的事件是发觉了啊！”我对她这种态度，心里非常痛恨，所以就气急了一点，回答她说：

“我有什么信？不是我的！”

她听了我这气愤愤的回答，更好像是得了胜利似的，脸上忽涌出了一种冷笑说：

“你自家去看罢！你的事情，只有你自家知道的！”

同时我听见楼底下门口果真有一个邮差似的人在催着说：

“挂号信！”

我把信取来一看，心里就突突的跳了几跳，原来我前回寄去的一篇德文短篇的译稿，已经在某杂志上发表了，信中寄来的是五元钱的一张汇票。我囊里正是将空的时候，有了这五元钱，非但月底要预付的来月的房金可以无忧，并且付过房金以后，还可以维持几天食料。当时这五元钱对我的效用的广大，是谁也不能推想得出来的。

第二天午后，我上邮局去取了钱，在太阳晒着的大街上走了一会，忽而觉得身上就淋出了许多汗来。我向我前后左右的行人一看，复向我自家的身上一看，就不知不觉的把头低俯了下去。我颈上头上的汗珠，更同盛雨似的，一颗一颗的钻出来了。因为当我在深夜游行的时候，天上并没有太阳，并且料峭的春寒，于东方微白的残夜，老在静寂的街巷中留着，所以我穿的那件破棉袍子，还觉得不十分与节季违异。如今到了阳和的春日晒着的这日中，我还不能自觉，依旧穿了这件夜游的敝袍，在大街上阔步，与前后左右的和节季同时进行的我的同类一比，我哪得不自惭形秽呢？我一时竟忘了几日后不得不付的房金，忘了囊中本来将尽的些微的积聚，便慢慢的走上了闸路的估衣铺去。好久不在天日之下行走的我，看看街上来往的汽车人力车，车中坐着的华美的少年男女，和马路两边的绸缎铺金银铺窗里的丰丽的陈设，听听四面的同蜂衙似的嘈杂的人声，脚步声，车铃声，一时倒也觉得是身到了大罗天上的样子。我忘记了我自家的存在，也想和我的同胞一样的欢歌欣舞起来，我的嘴里便不知不觉的唱起几句久忘了的京调来了。这一时的涅槃幻境，当我想横越过马路，转入闸路去的时候，忽而被一阵铃声惊破了。我抬起头来一看，我的面前正冲来了一乘无轨电车，车头上站着的那肥胖的机器手，伏出了半身，怒目的大声骂我说：

"猪头三！侬（你）艾（眼）睛勿散（生）咯！跌杀时，叫旺（黄）够（狗）抵侬（命）噢！"我呆呆的站住了脚，目送那无轨电车尾后卷起了一道灰尘，向北过去之后，不知是从何处发出来的感情，忽而竟禁不住哈哈哈哈的笑了几声。等得四面的人注视我的时候，我才红了脸慢慢的走向了闸路里去。

我在几家估衣铺里，问了些夹衫的价钱，还了他们一个我所能出的数目。几个估衣铺的店员，好像是一个师父教出的样子，都摆下了脸面，嘲弄着说：

"侬（你）寻萨咯（什么）凯（开）心！马（买）勿起好勿

批注空间

要马（买）咯！”

一直问到五马路边上的一家小铺子里，我看看夹衫是怎么也买不成了，才买定了一件竹布单衫，马上就把它换上。手里拿了一包换下的棉袍子，默默的走回家来。一边我心里却在打算：

“横竖是不够用了，我索性来痛快的用它一下罢。”同时我又想起了那天二妹送我的面包香蕉等物。不等第二次的回想，我就寻着了一家卖糖食的店，进去买了一块钱巧格力，香蕉糖，鸡蛋糕等杂食。站在那店里，等店员在那里替我包好来的时候，我忽而想起我有一月多不洗澡了，今天不如顺便也去洗一个澡罢。

洗好了澡，拿了一包棉袍子和一包糖食，回到邓脱路的时候，马路两旁的店家，已经上电灯了。街上来往的行人也很稀少，一阵从黄浦江上吹来的日暮的凉风，吹得我打了几个冷痉。我回到了我的房里，把蜡烛点上，向二妹的房门一照，知道她还没有回来。那时候我腹中虽则饥饿得很，但我刚买来的那包糖食怎么也不愿意打开来，因为我想等二妹回来同她一道吃。我一边拿出书来看，一边口里尽在咽唾液下去。等了许多时候，二妹终不回来，我的疲倦不知什么时候出来战胜了我，就靠在书堆上睡着了。

四

二妹回来的响动把我惊醒的时候，我见我面前的一支十二盎司一包的洋蜡烛已经点去了二寸的样子，我问她是什么时候了？她说：

“十点的汽管刚刚放过。”

“你何以今天回来得这样迟？”

“厂里因为销路大了，要我们作夜工。工钱是增加的，不过人太累了。”“那你可以不去做的。”

“但是工人不够，不做是不行的。”

她讲到这里，忽而滚了两粒眼泪出来，我以为她是作工作

批注空间

得倦了，故而动了伤感，一边心里虽在可怜她，但一边看了她这同小孩似的脾气，却也感着了些儿快乐。把糖食包打开，请她吃了几颗之后，我就劝她说：

“初作夜工的时候不惯，所以觉得困倦，作惯了以后，也没有什么的。”

她默默的坐在我的半高的由书叠成的桌上，吃了几颗巧格力，对我看了几眼，好像是有话说不出来的样子。我就催她说：“你有什么话说？”

她又沉默了一会，便断断续续的问我说：

“我……我……早想问你了，这几天晚上，你每晚在外边，可在与坏人作伙友么？”

我听了她这话，倒吃了一惊，她好像在疑我天天晚上在外面与小窃恶棍混在一块。她看我呆了不答，便以为我的行为真的被她看破了，所以就柔柔和和的连续着说：

“你何苦要吃这样好的东西，要穿这样好的衣服？你可知道这事情是靠不住的。万一被人家捉了去，你还有什么面目做人。过去的事情不必去说它，以后我请你改过了罢。……”

我尽是张大了眼睛，张大了嘴，呆呆的在看她，因为她的思想太奇突了，使我无从辩解起。她沉默了数秒钟，又接着说：

“就以你吸的烟而论，每天若戒绝了不吸，岂不可省几个铜子。我早就劝你不要吸烟，尤其是不要吸那我所痛恨的 N 工厂的烟，你总是不听。”

她讲到了这里，又忽而落了几滴眼泪。我知道这是她为怨恨 N 工厂而滴的眼泪，但我的心里，怎么也不许我这样的想，我总要把它们当作因规劝我而洒的。我静静儿的想了一会，等她的神经镇静下去之后，就把昨天的那封挂号信的来由说给她听，又把今天的取钱买物的事情说了一遍，最后更将我的神经衰弱症和每晚何以必要出去散步的原因说了。她听了我这一番辩解，就信用了我，等我说完之后，她颊上忽而起了两点红晕，把眼睛低下去看着桌子，好像是怕羞似的说：

“噢，我错怪你了，我错怪你了。请你不要多心，我本来是没有歹意的。因为你的行为太奇怪了，所以我想到了邪路里去。

批注空间

你若能好好儿的用功，岂不是很好么？你刚才说的那——叫什么的——东西，能够卖五块钱，要是每天能做一个，多么好呢？”

我看了她这种单纯的态度，心里忽而起了一种不可思议的感情，我想把两只手伸出去拥抱她一回，但是我的理性却命令我说：

“你莫再作孽了！你可知道你现在处的是什么境遇！你想把这纯洁的处女毒杀了么？恶魔，恶魔，你现在是没有爱人的资格的呀！”

我当那种感情起来的时候，曾把眼睛闭上了几秒钟，等听了理性的命令以后，才把眼睛开了开来，我觉得我的周围，忽而比前几秒钟更光明了。对她微微的笑了一笑，我就催她说：

“夜也深了，你该去睡了罢！明天你还要上工去的呢？我从今天起，就答应你把纸烟戒下来罢！”

她听了我这话，就站了起来，很喜欢的回到她的房里去睡了。

她去之后，我又换上一支洋蜡烛，静静儿的想了许多事情：

“我的劳动的结果，第一次得来的这五块钱已经用去了三块了。连我原有的一块多钱合起来，付房钱之后，只能省下二三角小洋来，如何是好呢！

“就把这破棉袍子去当罢！但是当铺里恐怕不要。

“这女孩子真是可怜，但我现在的境遇，可是还赶她不上，她是不想做工而工作要强迫她做，我是想找一点工作，终于找不到。

“就去作筋肉的劳动罢！啊啊，但是我这一双弱腕，怕吃不下一部黄包车的重力。

“自杀！我有勇气，早就干了。现在还能想到这两个字，足证我的志气还没有完全消磨尽哩！

“哈哈哈哈！今天的那无轨电车的机器手！他骂我什么来？

“黄狗，黄狗倒是一个好名词。

“……”

我想了许多零乱断续的思想，终究没有一个好法子，可以救我出目下的穷状来。听见工厂的汽笛，好像在报十二点钟了，我就站了起来，换上了白天脱下的那件破棉袍子，仍复吹熄了蜡烛，走出外面去散步。

贫民窟里的人已经睡眠静了。对面日新里的一排临邓脱路的洋楼里，还有几家点着了红绿的电灯，在那里弹罢拉拉衣加。一声二声清脆的歌音，带着哀调，从静寂的深夜的冷空气里传到我的耳膜上来，这大约是俄国的飘泊的少女，在那里卖钱的歌唱。天上罩满了灰白的薄云，同腐烂的尸体似的沉沉的盖在那里。云层破处也能看得出一点两点星来，但星的近处，黝黝看得出来的天色，好像有无限的哀愁蕴藏着的样子。

一九二三年七月十五日

（原载一九二四年二月二十八日《创造》季刊第二卷第二期）

简 析

在上海的连续失业，生活困窘不堪，再加上重症在身，使作者的心境亦如处境一般黑暗。全文浸透在一种浓浓的无限哀愁之中。然而，在本文中作者关注的已经不仅仅是自己的生活处境，而是把目光转向社会下层的劳苦大众了。通过对女工“陈二妹”及其悲惨生活的描述，表达了作者对劳动人民的苦难命运的深切同情。

批注空间

薄奠

上

一天晴朗的春天的午后，我因为天气太好，坐在家里觉得闷不过，吃过了较迟的午饭，带了几个零用钱，就跑出外面去逛去。北京的晴空，颜色的确与南方的苍穹不同。在南方无论如何晴快的日子，天上总有一缕薄薄的纤云飞着，并且天空的蓝色，总带着一道很淡很淡的白味。北京的晴空却不是如此，天色一碧到底，你站在地上对天注视一会，身上好像能生出两翼翅膀来，就要一扬一摆的飞上空中去的样子。这可是单指不起风的时候而讲，若一起风，则人在天空下眼睛都睁不开，更说不到晴空的颜色如何了。那一天的午后，空气非常澄清，天色真青得可怜。我在街上夹在那些快乐的北京人士中间，披了一身和暖的阳光，不知不觉竟走到了前门外最热闹的一条街上。踏进了一家卖灯笼的店里，买了几张奇妙的小画，重新回上大街缓步的时候，我忽而听出了一阵中国戏园特有的那种原始的锣鼓声音来。我的两只脚就受了这声音的牵引，自然而然的踏了进去。听戏听到了第三出，外面忽而起了呜呜的大风，戏园的屋顶也有些儿摇动。戏散之后，推来让去的走出戏园，扑面就来了一阵风沙。我眼睛闭了一忽，走上大街来雇车，车夫都要我七角六角大洋，不肯按照规矩折价。那时候天虽则还没有黑，但因为风沙飞满在空中，所以沉沉的大地上，已经现出了黄昏前的急景。店家的电灯，也都已上火，大街上汽车马车洋车挤塞在一处。一种车铃声叫唤声，并不知从何处来的许多杂音，尽在那里奏错乱的交响乐。大约是因为夜宴的时刻逼近，车上的男子定是去赴宴会，奇装的女子想来是去陪席的。

一则因为大风，二则因为正是一天中间北京人士最繁忙的时刻，所以我雇车竟雇不着，一直的走到了前门大街。为了上举的两种原因，洋车夫强索昂价，原是常有的事情，我因零用钱花完，袋里只有四五十枚铜子，不能应他们的要求，所以就下了决心，想一直走到西单牌楼再雇车回家。走下了正阳桥边的步道，被一辆南行的汽车喷满了一身灰土，我的决心，又动摇起来，含含糊糊的向道旁停着的一辆洋车问了一句，“嗳！四十枚拉巡捕厅儿胡同拉不拉？”那车夫竟恭恭敬敬的向我点了点头说：

“坐上罢，先生！”

坐上了车，被他向北的拉去，那么大的风沙，竟打不上我的脸来，我知道那时候起的是南风了。我不坐洋车则已，若坐洋车的时候，总爱和洋车夫谈闲话，想以我的言语来缓和他的劳动之苦；因为平时我们走路，若有一个朋友和我们闲谈着走，觉得不费力些。我从自己的这种经验着想，老是在实行浅薄的社会主义，一边高踞在车上，一边向前面和牛马一样在奔走的我的同胞攀谈些无头无尾的话。这一天，我本来不想开口的，但看看他的弯曲的背脊，听听他嘿嘿的急喘，终觉得心里难受，所以轻轻的对他说：

“我倒不忙，你慢慢的走罢，你是哪儿的车？”

“我是巡捕厅胡同西口儿的车。”

“你在哪儿住家吓？”

“就在那南顺城街的北口，巡捕厅胡同的拐角儿上。”

“老天爷不知怎么的，每天刮这么大的风。”

“是啊！我们拉车的也苦，你们坐车的老爷们也不快活，这样的大风天气，真真是招怪吓！”

这样的一路讲，一路被他拉到我寄住的寓舍门口的时候，天已经快黑了。下车之后，我数铜子给他，他却和我说起客气话来，他一边拿出了一条黑黝黝的手巾来擦头上身上的汗，一边笑着说：

批注空间

“您带着罢，我们是街坊，还拿钱么？”

被他这样的一说，我倒觉得难为情了，所以虽只应该给他四十枚铜子的，而到这时候却不得不把尽我所有的四十八枚铜子都给了他。他道了谢，拉着空车在灰黑的道上向西边他的家里走去，我呆呆的目送了他一程，心里却在空想他的家庭。——他走回家去，他的女人必定远远的闻声就跑出来接他。把车斗里的铜子拿出，将车交还了车行，他回到自已屋里来打一盆水洗洗手脸，吸几口烟，就可在洋灯下和他的妻子享受很健康的夜膳。若他有兴致，大约还要喝一二个铜子的白干。喝了微醉，讲些东西南北的废话，他就可以抱了他的女人小孩，钻进被去酣睡。这种酣睡，大约是他们劳动阶级的唯一的享乐。

“啊啊！……”

空想到了此地，我的伤感病又发了。

“啊啊！可怜我两年来没有睡过一个整整的全夜！这倒还可以说是因病所致，但是我的远隔在三千里外的女人小孩，又为了什么，不能和我在一处享乐吃苦呢？难道我们是应该永远隔离的么！难道这也是病么？……总之是我不好，是我没有能力养活妻子。啊啊，你这车夫，你这向我道谢，被我怜悯的车夫，我不如你吓，我不如你！”

我在门口灰暗的空气里呆呆的立了一会，忽而想起了自家的身世，就不知不觉的心酸起来，红润的眼睛，被我所依赖的主人看见，是不大好的，因此我就复从门口走了下来，远远的跟那洋车走了一段。跟它转了弯，看那车夫进了胡同拐角上的一间破旧的矮屋，我又走上平则门大街去跑了一程，等天黑了，才走回家来吃晚饭。

自从这一回后，我和他的洋车，竟有了缘分，接连的坐了它好几次。他和我也渐渐的熟起来了。

中

平则门外，有一道城河。河道虽比不上朝阳门外的运河那

批注空间

么宽，但春秋雨雾，绿水粼粼，也尽可以浮着锦帆，乘风南下。两岸的垂杨古道，倒影入河水中间，也大有板渚随堤的风味。河边隙地，长成一片绿芜，晚来时候，老有闲人在那里调鹰放马。太阳将落未落之际，站在这城河中间的渡船上，往北望去，看得出西直门的城楼，似烟似雾的，溶化成金碧的颜色，飘在两岸垂杨夹着的河水高头。春秋佳日，向晚的时候，你若一个人上城河边上来走走，好像是在看后期印象派的风景画，几乎能使你忘记是身在红尘十丈的北京城外。西山数不尽的诸峰，又如笑如眠，带着紫苍的暮色，静躺在绿荫起伏的春野西边；你若叫它一声，好像是这些远山，都能慢慢的走上你身边来的样子。西直门外有几处养鹅鸭的庄园，所以每天午后，城河里老有一对一对的白鹅在那里游泳。夕阳最后的残照，从杨柳荫中透出一两条光线来，射在这些浮动的白鹅背上时，愈能显得这幅风景的活泼鲜灵，别饶风致。我一个人渺焉一身，寄住在人海的皇城里，衷心郁郁，老感着无聊。无聊之极，不是从城的西北跑往城南，上戏园茶楼，娼寮酒馆，去夹在许多快乐的同类中间，忘却我自家的存在，和他们一样的学习醉生梦死，便独自一个跑出平则门外，去享受这本地的风光。玉泉山的幽静，大觉寺的深邃，并不是对我没有魔力，不过一年有三百五十九日穷的我，断没有余钱，去领略它们的高尚的清景。五月中旬的有一天午后，我又无端感着了一种悲愤，本想上城南的快乐地方，去寻些安慰的，但袋里连几个车钱也没有了，所以只好走出平则门外，去坐在杨柳荫中，尽量地呼吸呼吸西山的爽气。我守着西天的颜色，从浓蓝变成了淡紫，一忽儿，天的四周围又染得深红了，远远的法国教会堂的屋顶和许多绿树梢头，刹那间返射了一阵赤赭的残光，又一忽儿空气就变得澄苍静肃，视野内招唤我注意的物体，什么也没有了。四周的物影，渐渐散乱起来，我也感着了一种日暮的悲哀，无意识地滴了几滴眼泪，就慢慢的真是非常缓慢，好像在梦里游行似的，走回家来。进平则门往南一拐，就是南顺城街，南顺城街路东的第一条胡同便是巡捕厅胡同。我走到胡同的西口，正要进胡同的时候，忽而从角上的一间破屋里漏出几声大声来。这声音我觉得熟得很，

批注空间

稍微用了一点心力，回想了一想，我马上就记起那个身材瘦长，脸色黝黑，常拉我上城南去的车夫来。我站住静听了一会，听得他好像在和人拌嘴。我坐过他许多次数的车，他的脾气是很好的，所以听到他在和人拌嘴，心里倒很觉得奇怪。看他的样子，好像有五十多岁的光景，但他自己说今年只有四十二岁。他平常非常沉默寡言，不过你和他说话的时候，他却总来回答你一句两句。他身材本来很高，但是不晓是因为社会的压迫呢，还是因为他天生的病症，背脊却是弯着，看去好像不十分高。他脸上浮着的一种谨慎的劳动者特有的表情，我怎么也形容不出来，他好像是在默想他的被社会虐待的存在是应该的样子，又好像在这沉默的忍苦中间，在表示他的无限的反抗，和不断的挣扎的样子。总之，他那一种沉默忍受的态度，使人家见了便能生出无限的感慨来。况且是和他社会的地位相去无几，而受的虐待又比他更甚的我，平常坐他的车，和他谈话的时候，总要感着一种抑郁不平的气，横上心来；而这种抑郁不平之气，他也无处去发泄，我也无处去发泄，只好默默的闷受着，即使闷受不过，最多亦只能向天长啸一声。有一天我在前门外喝醉了酒，往一家相识的人家去和衣睡了半夜，醒来的时候，已经是下弦月上升的时刻了。我从韩家潭雇车雇到西单牌楼，在西单牌楼换车的时候，又遇见了他。半夜酒醒，从灰白死寂，除了一乘两乘汽车飞过搅起一阵灰来，此外别无动静的长街上，慢慢被拖回家来。这种悲哀的情调，已尽够我消受的了，况又遇着了他，一路上听了他许多不堪再听的话……他说这个年头儿真教人生存不得。他说洋车价涨了一个两个铜子，而煤米油盐，都要各涨一倍。他说洋车出租的东家，真会挑剔，一根骨子弯了一点，一个小钉不见了，就要赔许多钱。他说他一天到晚拉车，拉来的几个钱还不够供洋车租主的绞榨，皮带破了，弓子弯了的时候，更不必说了。他说他的女人不会治家，老要白花钱。他说他的大小孩今年八岁，二小孩今年三岁了。……我默默的坐在车上，看看天上惨澹的星月，经过了几条灰黑静寂的狭巷，细听着他的一条条的诉说，觉得这些苦楚，都不是他一个人的苦楚。我真想跳下车来，同他抱头痛哭一场，但是我着在身上的一件竹布长衫，和盘在脑里的一堆教育的绳矩，把我的真率的情感缚住了。自从那一晚以后，我心里就存了一种怕与他相见的思想，所以和他不见了半个多月。这一天日暮，我自平则门走回家来，听了他在和人吵闹的声音，心里竟起了一种自责的心思，好像是不应该躲避开这个可怜的朋友，至半月之久的样子。我静听了一忽，才知道他吵闹的对手，是他的女人。一时心情被他的悲惨的声音所挑动，我竟不待回思，一脚就踏进了他住的那所破屋。他的住屋，只有一间小屋，小屋的一半，却被一个大炕占据了去。在外边天色虽还没有十分暗黑，但在他那矮小的屋内，却早已黑影沉沉，辨不出物体来了。他一手插在腰里，一手指着炕上缩成一堆，坐在那里的一个妇人，一声两声的在那里数骂。两个小孩爬在炕的里边。我一进去时，只见他自家一个站着的背影，他的女人和小孩都看不出来。后来招呼了他，向他手指着的地方看去，才看出了一个女人，又站了一忽，我的眼睛在黑暗里经惯了，重复看出了他的两个小孩。我进去叫了他一声，问他为什么要这样的动气，他就把手一指，指着炕沿上的那女人说：

“这臭东西把我辛辛苦苦积下来的三块多钱，一下子就花完了。去买了这些捆尸体的布来。……”说着他用脚一踢，地上果然滚了一包白色的布出来。他一边向我问了些寒暄话，一边就蹙紧了眉头说：

“我的心思，她们一点儿也不晓得，我要积这几块钱干什么？我不过想自家去买一辆旧车来拉，可以免掉那车行的租钱呀！天气热了，我们穷人，就是光着脊肋儿，也有什么要紧？她却要去买这些白洋布来做衣服。你说可气不可气啊？”

我听了这一段话，心里虽则也为他难受，但口上只好安慰他说：

“做衣服倒也是要紧的，积几个钱，是很容易的事情，你但须忍耐着，三四块钱是不难再积起来的。”

我说完了话，忽而在沉沉的静寂中，从炕沿上听出了几声暗泣的声音来。这时候我若袋里有钱，一定要全部拿出来给他，请他息怒。但是我身边一摸，却摸不着一个铜银的货币。呆呆

批注空间

的站着，心里打算了一会，我觉得终究没有方法好想。正在着恼的时候，我里边小褂袋里唧唧响着的一个银表的针步声，忽而敲动了我的耳膜。我知道若在此时，当面把这银表拿出来给他，他是一定不肯受的。迟疑了一会，我想出了一个主意，乘他不注意的时候，悄悄的把表拿了出来；和他讲着些慰劝他的话，一边我走上前去了一步，顺手把表搁在一张半破的桌上。随后又和他交换了几句言语，我就走出来了。我出到了门外，走进胡同，心里感得的一种沉闷，比午后上城外去的时候更甚了。我只恨我自家太无能力，太没有勇气。我仰天看看，在深沉的天空里，只看出了几颗星来。

第二天的早晨，我刚起床，正在那里刷牙漱口的时候，听见门外有人打门。出去一看，就看见他拉着车站在门口。他问了我一声好，手向车斗里一摸，就把那个表拿出来，问我说：

“先生，这是你的罢？你昨晚上掉下的罢？”

我听了脸上红了一红。马上就说：

“这不是我的，我并没有掉表。”

他连说了几声奇怪，把那表的来历说了一阵，见我坚不肯认，就也没有方法，收起了表，慢慢的拉着空车向东走了。

下

夏至以后，北京接连下了半个多月的雨。我因为一天晚上，没有盖被睡觉，惹了一场很重的病，直到了二礼拜前才得起床。起床后第三天的午后，我看看久雨新霁，天气很好，就拿了一根手杖踏出门去。因为这是病后第一次的出门，所以出了门就走往西边，依旧想到我平时所爱的平则门外的河边去闲行。走过那胡同角上的破屋的时候，我只看见门口立了一群人，在那里看热闹。屋内有人在低声啜泣。我以为那拉车的又在和他的女人吵闹了，所以也就走了过去，去看热闹，一边我心里却暗暗的想着：

“今天若他们再因金钱而争吵，我却可以解决他们的问题。”

批注空间

因为那时候我家里寄出来为我作医药费的钱还没有用完，皮包里还有几张五块钱的钞票收藏着在哩。我踏近前去一看，破屋里并没有拉车的影子，只有他的女人坐在炕沿上哭，一个小一点的小孩，坐在地上他母亲的脚跟前，也在陪着她哭。看了一会，我终摸不着头脑，不晓得她为什么要哭。和我一块儿站着的人，有的唧唧的在那里叹息，有的也拿出手巾来在擦眼泪说："可怜哪，可怜哪！"我向一个立在我旁边的中年妇人问了一番，才知道她的男人，前几天在南下洼的大水里淹死了。死了之后，她还不晓得，直到第二天的傍晚，由拉车的同伴认出了他的相貌，才跑回来告诉她。她和她的两个儿子，得了此信，冒雨走上南横街南边的尸场去一看，就大哭了一阵。后来她自己也跳在附近的一个水池里自尽过一次，经她儿子的呼救，附近的居民，费了许多气力，才把她捞救上来。过了一天，由那地方的慈善家，出了钱把她的男人埋葬完毕，且给了她三十斤面票，八十吊铜子，方送她回来。回来之后，她白天晚上只是哭，已经哭了好几天了。我听了这一番消息，看了这一场光景，心里只是难受。同一两个月前头，半夜从前门回来，坐在她男人的车上，听他的诉说时一样，觉得这些光景，决不是她一个人的。我忽而想起了我的可怜的女人，又想起了我的和那在地上哭的小孩一样大的儿女，也觉得眼睛里热起来痒起来了。我心里正在难受，忽而从人丛里挤来了一个八九岁的小孩赤足袒胸的跑了进来。他小手里拿了几个铜子蹶手蹶脚的对她说：

"妈，你瞧，这是人家给我的。"

看热闹的人，看了他那小脸上的严肃的表情，和他那小手的滑稽的样子，有几个笑着走了，只有两个以手巾擦着眼泪的老妇人，还站在那里。我看看周围的人数少了，就也踏了进去问她说：

"你还认得我么？"

她举起肿红的眼睛来，对我看了一眼，点了一点头，仍复伏倒头去在哀哀的哭着。我想叫她不哭，但是看看她的情形，觉得是不可能的，所以只好默默的站着，眼睛看见她的瘦削的双肩一起一缩的在抽动。我这样的静立了三五分钟，门外又忽

批注空间

而挤了许多人拢来看我。我觉得被他们看得不耐烦了，就走出了一步对他们说：

“你们看什么热闹？人家死了人在这里哭，你们有什么好看？”

那八岁的孩子，看我心里发了恼，就走上门口，把一扇破门关上了。喀丹一响，屋里忽而暗了起来，他的哭着的母亲，好像也为这变化所惊动，一时止住哭声，擎起眼来看她的孩子和离门不远呆立着的我。我乘此机会，就劝她说：

“看养孩子要紧，你老是哭也不是道理，我若可以帮你的忙，我总没有不为你出力的。”

她听了这话，一边啜泣，一边断断续续的说：

“我……我……别的都不怪，我……只……只怪他何以死的那么快。也……也不知他……他是自家沉河的呢，还是……”

她说了这一句又哭起来了，我没有方法，就从袋里拿出了皮包，取了一张五块钱的钞票递给她说：

“这虽然不多，你拿着用罢！”

她听了这话，又止住了哭，啜泣着对我说：

“我……我们……是不要钱用，只……只是他……他死得……死得太可怜了。……他……他活着的时候，老……老想自己买一辆车，但是……但是这心愿儿终究没有达到。……前天我，我到冥衣铺去定一辆纸糊的洋车，想烧给他，那一家掌柜的要我六块多钱，我没有定下来。你……你老爷心好，请你，请你老爷去买一辆好，好的纸车来烧给他罢！”

说完她又哭了。我听了这一段话，心里愈觉得难受，呆呆的立了一忽，只好把刚才的那张钞票收起，一边对她说：“你别哭了罢！他是我的朋友，那纸糊的洋车，我明天一定去买了来，和你一块去烧到他的坟前去。”

又对两个小孩说了几句话，我就打开门走了出来。我从来没有办过丧事，所以寻来寻去，总寻不出一家冥衣铺来定那纸糊的洋车。后来直到四牌楼附近，找定了一家，付了他钱，要他赶紧为我糊一辆车。

二天之后，那纸洋车糊好了，恰巧天气也不下雨，我早早吃了午饭，就雇了四辆洋车，同她及两个小孩一道去上她男人的坟。车过顺治门内大街的时候，因为我前面的一乘人力车上只载着一辆纸糊的很美丽的洋车和两包锭子，大街上来往的红男绿女只是凝目的在看我和我后面车上的那个眼睛哭得红肿，衣服褴褛的中年妇人。我被众人的目光鞭挞不过，心里起了一种不可抑遏的反抗和诅咒的毒念，只想放大了喉咙向着那些红男绿女和汽车中的贵人狠命的叫骂着说：

“猪狗！畜生！你们看什么？我的朋友，这可怜的拉车者，是为你们所逼死的呀！你们还看什么？”

一九二四年八月十四日作于北京

（原载一九二四年十二月五日《太平洋》第四卷第九号）

简析

作者怀着无比尊敬和深切的同情，刻画了“车夫”淳朴而高尚的品质，描述了他们悲惨苦难的生活。“我”虽因失业而穷困，却仍想方设法去帮助穷苦的“车夫”一家。全文笼罩着一层挥之不去的抑郁之情，最后随着“车夫”之死，终于爆发为“一种不可抑遏的反抗和诅咒的毒念”。表明作者已由关注自己及自己的内心，转向了关注社会和社会下层的劳苦民众，使得他的思想连同作品都变得更加健康和明朗。

批注空间

归 航

微寒刺骨的初冬晚上，若在清冷同中世似的故乡小市镇中，吃了晚饭，于未敲二更之先，便与家中的老幼上了楼，将你的身体躺入温暖的被里，呆呆的隔着帐子，注视着你的低小的木桌上的灯光，你必要因听了窗外冷清的街上过路人的歌音和足声而泪落。你因了这灰暗的街上的行人，必要追想到你孩提时候的景象上去。这微寒静寂的晚间的空气，这幽闲落寞的夜行者的哀歌，与你儿童时代所经历的一样，但是睡在楼上薄棉被里，听这哀歌的人的变化却如何了？一想到这里谁能不生起伤感的情来呢？——但是我的此言，是为像我一样的无能力的将近中年的人而说的——

我在日本的郊外夕阳晚的山野田间散步的时候，也忽而起了一种同这情怀相像的怀乡的悲感；看看几个日夕谈心的朋友，一个一个的减少下去的时候，我也想把我的迷游生活(Wandering life)结束了。

十年久住的这海东的岛国，把我那同玫瑰露似的青春消磨了的这异乡的天地，我虽受了她的凌辱不少，我虽不愿第二次再使她来吻我的脚底，但是因为这厌恶的情太深了，到了将离的时候，倒反而生出了一种不忍与她诀别的心来。啊啊，这柔情一脉，便是千古的伤心种子，人生的悲剧，大约是发芽在此地的罢？

我于未去日本之先，我的高等学校时代的生活背景，也想再去探看一回。我于永久离开这强暴的小国之先，我的迭次失败了的浪漫史（Romance）的血迹，也想再去揩拭一回。

“轻薄淫荡的异性者呀，你们用了种种柔术，想把来弄杀了的他，现在已经化作了仙人，想回到他的须弥故国去了。请你们尽在这里试用你们的手段罢，他将要骑了白鹤，回到他的母亲怀里去了。他回去之后，定将拥挟了霓裳仙子，舞几夜通宵的歌舞，他是再也不来向你们乞怜的了。”

我也想用了微笑，代替了这一段言语，向那些愚弄过我的妇人，告个长别，用以泄泄我的一段幽恨。为了这种种琐碎的原因，我的回国日期竟一天一天的延长了许多的时日。

从家里寄来的款也到了，几个留在东京过夏的朋友为我饯行的席也设了，想去的地方，也差不多去过了，几册爱读的书也买好了，但是要上船的第一天（七月的十五）我又忽而跑上日本邮船公司去，把我的船票改迟了一班，我虽知道在黄海的对面有几个——我只说几个——与我意气相合的朋友在那里等我，但是我这莫名其妙的离情，我这像将死时一样的哀感，究竟教我如何处置呢？我到七月十九的晚上，喝醉了酒，才上了东京的火车，上神户去趁翌日出发的归舟。

二十的早晨从车上走下来的时候，赤色的太阳光线已经将神户市的一大半房屋烧热了。神户市的附近，须磨是风光明媚的海滨村，是三伏中地上避暑的快乐园，当前年须磨寺大祭的晚上，是我与一个不相识的妇人共宿过的地方。依我目下的情怀说来，是不得不再去留一宵宿，叹几声别的，但是回故国的轮船将于午前十点钟开行，我只能在海上与她遥别了。

“妇人呀妇人，但愿你健在，但愿你荣华，我今天是不能来看你了。再会——不……不……永别了……”

须磨的西边是明石，紫式部的同画卷似的文章，蓝苍的海浪，洁白的沙滨，参差雅淡的别庄，别庄内的美人，美人的幽梦，……

“明石呀明石！我只能在游仙枕上，远梦到你的青松影里，再来和你的儿女谈多情的韵事了。”

八点半钟上了船，照管行李，整理舱位，足足忙了两个钟头；船的前后铁索响的时候，铜锣报知将开船的时候，我的十年中积下来的对日本的愤恨与悲哀，不由得化作了数行冰冷的清泪，

批注空间

批注空间

把海湾一带的风景，染成了模糊像梦里的江山。

“啊啊，日本呀！世界一等强国的日本呀！国民比我们矮小，野心比我们强烈的日本呀！我去之后，你的海岸大约依旧是风光明媚，你的儿女大约依旧是荒淫无忌地过去的。天色的苍茫，海洋的浩荡，大约总不至因我之去而稍生变更的。我的同胞的青年，大约仍旧要上你这里来，继续了我的运命，受你的欺辱的。但是我的青春，我的在你这无情的地上花费了的青春！啊啊，枯死的青春呀，你大约总再也不能回复到我的身上来了罢！”

二十一日的早晨，我还在三等舱里做梦的时候，同舱的鲁君就跳到我的枕边上来说：“到了到了！到门司了！你起来同我们上门司去罢！”

我乘的这只船，是经过门司不经过长崎的，所以门司，便是中途停泊的最后的海港，我的从昨日酝酿成的那种伤感的情怀，听了门司两字，又在我的胸中复活了起来。一只手擦着眼睛，一只手捏了牙刷，我就跟了鲁君走出舱来。淡蓝的天色，已经被赤热的太阳光线笼罩了东方半角。平静无波的海上，贯流着一种夏天早晨特有的清新的空气。船的左右岸有几堆同青螺似的小岛，受了朝阳的照耀，映出了一种浓润的绿色。前面去左船舷不远的地方有一条翠绿的横山，山上有两株无线电报的电杆，突出在碧落的背景里；这电杆下就是门司港市了。船又行进了三五十分钟，回到那横山正面的时候，我只见无数的人家，无数的工厂烟囱，无数的船舶和桅杆，纵横错落的浮映在天水中间的太阳光线里，船已经到了门司了。

门司是此次我的脚所践踏的最后的日本土地，上海虽然有日本的居民，天津汉口杭州虽然有日本的租界，但是日本的本土，怕今后与我便无缘分了。因为日本是我所最厌恶的土地，所以今后大约我总不至于再来的。因为我是无产阶级的一介分子，所以将来大约我总不至坐在赴美国的船上，再向神户横滨来泊船的。所以我可以说门司便是此次我的脚所践踏的最后的日本土地了。

我因为想深深的尝一尝这最后的伤感的离情，所以衣服也不换，面也不洗，等船一停下，便一个人跳上了一只来迎德国人的小汽船，跑上岸上去了。小汽船的速力，在海上振动了周围清新的空气，我立在船头上觉得一种微风同妇人的气息似的吹上了我的面来。蓝碧的海面上，被那小汽船冲起了一层波浪，汽船过处，现出了一片银白的浪花，在那里返射着朝日。

在门司海关码头上岸之后，我觉得射在灰白干燥的陆地路上的阳光，几乎要使我头晕；在海上不感得的一种闷人的热气，一步一步的逼上我的面来，我觉得我的鼻上有几颗珍珠似的汗珠滚出来了；我穿过了门司车站的前庭，便走进狭小的锦町街上去。我想永久将去日本之先，不得不买一点什么东西，作作纪念，所以在街上走了一回，我就踏进了一家书店。新刊的杂志有许多陈列在那里，我因为不想买日本诸作家的作品，来培养我的创作能力，所以便走近里面的洋书架去。小泉八云 Lafcadio Heam 的著作，Modem Library 的丛书占了书架的一大部分，我细细的看了一遍，觉得与我这时候的心境最适合的书还是去年新出版的 John Paris 的那本 Kimono（日本衣服之名）。

我将要离日本了，我在沦亡的故国山中，万一同老人追怀及少年时代的情人一般，在追思到日本的风物的时候，那时候我就可拿出几本描写日本的风俗人情的书来赏玩。这书若是日本人所著，他的描写，必至过于真确，那时候我的追寻远地的梦幻心境，倒反要被那真实粗暴的形相所打破。我在那时候若要在沙上建筑蜃楼，若要从梦里追寻生活，非要读读朦胧奇特、富有异国情调的，那些描写月下的江山，追怀远地的情事的书类不可；从此看来，这 Kimono 便是与这境状最适合的书了，我心里想了一遍，就把 Kimono 买了。从书店出来又在狭小的街上的暑热的太阳光里走了一段，我就忍了热从锦町三丁目走上幸町的通里山的街上去。幸町是三弦酒肉的巢窟，是红粉胭脂的堆栈，今天正好像是大扫除的日子，那些调和性欲，忠诚于她们的天职的妓女，都裸了雪样的洁白，风样的柔嫩的身体，在那里打扫。啊啊，这日本的最美的春景，我今天看后，怕也不能多看了。

我在一家姓安东的妓家门前站了一忽，同饥狼似的饱看了

批注空间

一回烂熟的肉体，便又走下幸町的街路，折回到了港口。路上的灰尘和太阳的光线，逼迫我的身体，教我不得不向咖啡店去休息一场；我在去码头不远的一家下等的酒店坐下的时候，身体也真疲劳极了。

喝了一大瓶啤酒，吃了几碗日本固有的菜，我觉得我的消沉的心里，也生了一点兴致出来，便想尽我所有的金钱，上妓家去瞎闹一场；但拿出表来一看，已经过十二点了，船是午后二点钟就要拔锚的。

我出了酒店，手里拿了一本 Kimono，在街上走了两步，就把游荡的邪心改过，到浴汤去洗了一个澡，因以涤尽了十几年来，堆叠在我这微躯上的日本的灰尘与恶土。

上船的时候，已经是午后一点半了。三十分后开船的时候，我和许多离日本的中国人和日本人立在三等舱外甲板上的太阳影里，看最后的日本的陆地。门司的人家远去了，工场的烟囱也看不清楚了，近海岸的无人绿岛也一个一个的少下去了，我正在出神的时候，忽听一等舱的船楼上有清脆的妇人声在那里说话；我抬起头来一看，见有一个年约十八九的中西杂种的少女，立在船楼的栏杆边上，在那里和一个红脸肥胖的下劣西洋人说话。那少女皮肤带着浅黑色，眼睛凹在鼻梁的两边，鼻尖高得很，瞳人带些微黄，但仍是黑色，头发用烙铁烫过，有一圈珍珠，戴在蓬蓬的发下。她穿的是黄白薄绸的一件西洋的夏天女服，双袖短得很，她若把手与肩胛平张起来，你从袖口能看得出她腋下的黑影，和胸前的乳头来。她的颈项下的前后又裸着两块可爱的黄黑色的肥肉。下面穿的是一条短短的围裙，她的瘦长的两条脚露出在鱼白的湖绉裙下。从玄色的丝袜里蒸发出来的她的下体的香味，我好像也闻得出来的样子。看看她那微笑的短短的面貌，和一排洁白的牙齿，我恨不得拿出一把手枪来，把那同禽兽似的西洋人击杀了。

“年轻的少女呀，我的半同胞呀！你母亲已经为他们异类的禽兽玷污了，你切不可再与他们接近才好呢！我并不想你，我并不在这里贪你的姿色；但是，但是像你这样的美人，万一被他们同野兽一样的西洋人蹂躏了去，教我如何能堪呢！你那柔软黄黑的肉体被那肥胖和雄猪似的洋人压着的光景，我便在想象的时候，也觉得眼睛里要喷出火来。少女呀少女！我并不要你爱我，我并不要你和我同梦。我只求你别把你的身体送给异类的外人去享乐就对了。我们中国也有美男子，我们中国也有同黑人一样强壮的伟男子，我们中国也有几千万几万万家财的富翁，你何必要接近外国人呢！啊啊，中国可亡，但是中国的女子是不可被他们外国人强奸去的。少女呀少女！你听了我的这哀愿罢！”

我的眼睛呆呆的在那里看守她那颧骨微突嘴巴狭小的面貌，我的心里同跪在圣女马利亚像前面的旧教徒一样，尽在那里念这些祈祷。感伤的情怀，一时征服了我的全体，我觉得眼睛里酸热起来，她的面貌，就好像有一层 Veil 罩着的样子，也渐渐的朦胧起来了。

海上的景物也变了。近处的小岛完全失去了影子，空旷的海面上，映着了夕照，远远里浮出了几处同眉黛似的青山；我在甲板上立得不耐烦起来，就一声也不响，低了头，回到了舱里。

太阳在西方海面上沉没了下去，灰黑的夜阴从大海的四角里聚集了拢来，我吃完了晚饭，仍复回到甲板上来，立在那少女立过的楼底直下。我仰起头来看看她立过的地方，心里就觉得悲哀起来，前次的纯洁的心情，早已不复在了，我心里只暗暗地想：

“我的头上那一块板，就是她曾经立过的地方。啊啊，要是她能爱我，就教我用无论什么方法去使她快乐，我也愿意的。啊啊，所罗门当日的荣华，比到纯洁的少女的爱情，只值得什么？事也不难，她立在我头上板上的时候，我只须用一点奇术，把我的头一寸一寸的伸长起来，钻过船板去就对了。”

想到了这里，我倒感着了一种滑稽的快感；但看看船外灰黑的夜阴，我觉得我的心境也同白日的光明一样，一点一点被黑暗腐蚀了。

我今后的黑暗的前程，也想起来了。我的先辈回国之后，受了故国社会的虐待，投海自尽的一段哀史，也想起来了。

“我在那无情的岛国上，受了十几年的苦，若回到故国之后，

批注空间

仍不得不受社会的虐待，教我如何是好呢！日本的少女轻侮我，欺骗我时，我还可以说‘我是为人在客’，若故国的少女，也同日本妇人一样的欺辱我的时候，我更有什么话说呢！你看那Euroasian（黄白杂色人）不是已在那里轻侮我了么？她不是已经不承认我的存在了么？唉，唉，唉，唉，我错了，我错了。我是不该回国来的。一样的被人虐待，与其受故国同胞的欺辱，倒还不如受他国人的欺辱更好自家宽慰些。”

我走近船舷，向后面我所别来的国土一看，只见得一条黑线，隐隐的浮在东方的苍茫夜色里。我心里只叫着说：

“日本呀日本，我去了。我死了也不再回到你这里来了。但是我受了故国社会的压迫，不得不自杀的时候，最后浮上我的脑子里来的，怕就是你这岛国哩！Ave Japon！我的前途正黑暗得很呢！”

一九二二年，七月二十六日，上海

（原载一九二四年二月二十八日《创造》季刊第二卷第二期发表时题为《中途》）

简析

这是一篇表现作者心情和行踪的代表性散文，它带有强烈的自叙传性质。文中真实而细腻地表现了作者结束十年日本留学生活，踏上归程时对日本既恨又恋的复杂感情，同时也表达了走出泥淖的果决心态：“门司是此次我的脚所践踏的最后的日本土地……”

零余者

Arm am Beutel, krank am Herzen,
Schleppt ich meine langen Tage.
Armut ist die groesste Plage,
Reichtum ist das hoechste Gut.

不晓在什么时候什么地方看见过的这几句诗，轻轻的在口头念着，我两脚合了微吟的拍子，又慢慢的在一条城外的大道上走了。

袋里无钱，心头多恨。
这样无聊的日子，教我挨到何时始尽。
啊啊，贫苦是最大的灾星，
富裕是最上的幸运。

诗的意思，大约不外乎此，实际上人生的一切，我想也尽于此了。“不过令人愁闷的贫苦，何以与我这样的有缘？使人生快乐的富裕，何以总与我绝对的不来接近？”我眼睛呆呆的注视着前面空处，两脚一步一步踏上前去，一面口中虽在微吟，一面于无意中又在作这些牢骚的想头。

是日斜的午后，残冬的日影，大约不久也将收敛光辉了，城外一带的空气，仿佛要凝结拢来的样子。视野中散在那里的灰色的城墙，冰冻的河道，沙土的空地荒田，和几丛枯曲的疏

批注空间

树，都披了淡薄的斜阳，在那里伴人的孤独。一直前面大约在半里多路前的几个行人，因为他们和我中间距离太远了，在我脑里竟不发生什么影响。我觉得他们的几个肉体，和散在道旁的几家泥屋及左面远立着的教会堂，都是一类的东西，散漫零乱，中间没有半点联络，也没有半点生气，当然更没有一些儿的情感了。

“唉嘿，我也不知在这里干什么？”

微吟倦了，我不知不觉便轻轻的长叹了一声。慢慢的走去，脑里的思想，只往昏黑的方面进行；我的头愈俯愈下了。

——实在我的衰退之期，来得太早了。……像这样一个人在郊外独步的时候，若我的身子忽而能同一堆春雪遇着热汤似的消化得干干净净，岂不很好么？……回想起来，又觉得我过去二十余年的生涯是很长的样子，……我什么事情没有做过？……儿子也生了，女人也有了，书也念了，考也考过好几次了，哭也哭过，笑也笑过，嫖赌吃着，心里发怒，受人欺辱，种种事情，种种行为，我都经验过了，我还有什么事情没有做过？……等一等，让我再想一想看，究竟有没有什么没有经验过的事情了，……自家死还没有死过；啊，还有还有，我高声骂人的事情还不曾有过，譬如气得不得了的时候，放大了喉咙，把敌人大骂一场的事情。就是复仇复了的时候的快感，我还没有感得过。……啊啊！还有还有，监牢还不曾坐过，……唉，但是假使这些事情，都被我经验过了，也有什么？结果还不是一个空么？……嘿嘿，嗯嗯。——到了这里，我的思想的连续又断了。

袋里无钱，心头多恨。
这样无聊的日子，教我挨到何时始尽。
啊啊，贫苦是最大的灾星，
富裕是最上的幸运。

微微的重新念着前诗，我抬起头来一看，觉得太阳好像往西边又落了一段，倒在右手路上的自己的影子，更长起来了。

从后面来的几乘人力车，也慢慢的赶过了我。一边让他们的路，一边我听取了坐车的人和车夫在那里谈话的几句断片。他们的话题，好像是关于女人的事情。啊啊，可羡的你们这几个虚无主义者，你们大约是上前边黄土坑去买快乐去的罢，我见了你们，倒恨起我自家没有以前的生趣来了。

一边想一边往西北的走去，不知不觉已走到了京绥铁路的路线上。从此偏东北的再进几步，经过了白房子的地狱，便可顺了通万牲园的大道进西直门去的。苍凉的暮色，从我的灰黄的周围逼近拢来，那倾斜的赤日，也一步一步的低垂下去了。大好的夕阳，留不多时，我自家以为在冥想里沉没得不久，而四边的急景，却告诉我黄昏将至了。在这荒野里的物体的影子，渐渐的散漫了起来。不知从何处吹来的微风，也有些急促的样子，带着一种惨伤的寒意。后面踱踱踱踱的又来了一乘空的运货马车，一个披着光面皮里子的车夫，默默的斜坐在前头车板上吃烟，我忽而感觉得天寒岁暮，好像一个人飘泊在俄国的乡下。马车去远了，白房子的门外，有几乘黑旧的人力车停在那里。车夫大约坐在踏脚板上休息，所以看不出他们的影子来。我避过了白房子的地狱，从一块高　上的地里，打算走上通西直门的大道上去。从这高处向四边一望，见了凋丧零乱排列在灰色幕上的野景，更使我感得了一种日暮的悲哀。

——唉唉，人生实在不知究竟是什么一回事？歌歌哭哭，死死生生，……世界社会，兄弟朋友，妻子父母，还有恋爱，啊吓，恋爱，恋爱，恋爱，……还有金钱，……啊啊……

> Armut ist die groesste Plage,
> Reichtum ist das hoechste Gut.

好诗好诗！

> The curfew tolls the knell of parting day,
> The lowing herd winds slowly o'er the lea,
> The ploughman homeward plods his weary way,

And leaves the world to darkness and tome.

好诗好诗!

And leaves the world to darkness and to me.

我的错杂的思想，又这样的弥散开来了。天空高处，寒风呜呜的响了几下，我俯倒了头，尽往东北的走去，天就快黑了。

远远的城外河边，有几点灯火，看得出来，大约紫蓝的天空里，也有几点疏星放起光来了吧？大道上断续的有几乘空马车来往，车轮的踱踱踱踱的声音，好像是空虚的人生的反响，在灰暗寂寞的空气中散了。我遵了大道，以几点灯火作了目标，将走近西直门的时候，模糊隐约的我的脑里，忽而起了一个霹雳。到这时候止，常在脑里起伏的那些毫无系统的思想，都集中在一个中心点上，成了一个霹雳，显现了出来。

“我是一个真正的零余者！”

这就是霹雳的核心，另外的许多思想，不过是些附属在这霹雳上的枝节而已。这样的忽而发见了思想的中心点，以后我就用了科学的方法推了下去：

——我的确是一个零余者，所以对于社会人世是完全没有用的。a superfluous man！ a useless man ！ superfluous！ superfluous……证据呢？这是很容易证明的……——

这时候，我的两只脚已经在西直门内的大街上运转。四边来往的人类，究竟比城外混杂得多。天也已经昏黑，道旁的几家破店和小摊，都点上灯了。

——第一……我且从远处说起吧……第一我对于世界是完全没有用的。……我这样生在这里，世界和世界上的人类，也不能受一点益处；反之，我死了，世界社会，也没有一些儿损害，这是千真万真的。……第二，且说中国吧！对于这样混乱的中国，我竟不能制造一个炸弹，杀死一个坏人。中国生我养我，有什么用处呢？……再缩小一点，嗳，再缩小一点，第三，第三且说家庭吧！啊，对于我的家庭，我却是个少不得的人了。

批注空间

在外国念书的时候，已故的祖母听见说我有病，就要哭得两眼红肿。就是半男性的母亲，当我有一次醉死在朋友家里的时候，也急得大哭起来。此外我的女人，我的小孩，当然是少我不得的！哈哈，还好还好，我还是个有用之人。——

想到了这里，我的思想上又起了一个冲突。前刻发现的那个思想上的霹雳，几乎可以取消的样子，但迟疑了一会，我终究解决不了这个问题的矛盾性。抬起头来一看，我才知道我的身体已被我搬在一条比较热闹的长街上行动。街路两旁的灯火很多，来往的车辆也不少，人声也很嘈杂，已经是真正的黄昏时候了。

——像这样的时候，若我的女人在北京，大约我总不会到市上来飘荡的罢！在灯火底下，抱了自家的儿子，一边吻吻他的小嘴，一边和来往厨下忙碌的她问答几句，踱来踱去，踱去踱来，多少快乐啊！啊啊，我对于我的女人，还是一个有用之人哩！不错不错，前一个疑问，还没有解决，我究竟还是一个有用之人么？——

这时候，我意识里的一切周围的印象，又消失了。我还是伏倒了头，慢慢的在解决我的疑问：

——家庭，家庭，……第三，家庭，……让我看，哦，啊，我对于家庭还是一个完全无用之人！……丝毫没有功利主义的存心，完全沉溺于的盲目之爱的我的祖母，已经死了。母亲呢？……啊啊，我读书学术，到了现在，还不能做出一点轰轰烈烈的事业来，就是这几块钱……——

我那时候两只手却插在大氅的袋内，想到了这里，两只手自然而然的向袋里散放着的几张钞票捏了一捏。

——啊啊，就是这几块钱，还是昨天从母亲那里寄出来的，我对于母亲有什么用处呢？我对于家庭有什么用处呢？我的女人，我不去娶她，总有人会去娶她的；我的小孩，我不生他，也有人会生他的，我完全是一个无用之人吓，我依旧是一个无用之人吓！——

急转直下的想到了这里，我的胸前忽觉得有一块铁板压着似的难过得很。我想放大了喉咙，啊的大叫它一声，但是把嘴张了好几次，喉头终放不出音来。没有方法，我只能放大了脚步，向前同跑也似的急进了几步。这样的不知走了几分钟，我看见一乘人力车跑上前来兜我的买卖。我不问皂白，跨上了车就坐定了。车夫问我上什么地方去，我用手向前指指，喉咙只是和被热铁封锁住的一样，一句话也讲不出来。人力车向前面跑去，我只见许多灯火人类，和许多不能类列的物体，在我的两旁旋转。

"前进！前进！像这样的前进罢！不要休止，不要停下来！"

我心里一边在这样的希望，一边却在恨车夫跑得太慢。

十三年正月十五日

（原载一九二四年六月十五日北京《太平洋》第四卷第七号发表时题为《零余者的自觉》）

简析

"他"痛切地感到自己对世界是没有用的，对社会是没有用的，对国家是没有用的，甚至对家庭也是没有用的。这就是早期作者笔下的"自我"——"零余者"，这也正是小说中常出现的一类人物形象。文中的"他"不仅有作者自己思想的影子，同时也反映了当时相当一部分落魄知识分子失意、颓丧、矛盾和彷徨的共同心理。

小春天气

一

与笔砚疏远以后，好像是经过了不少时日的样子。我近来对于时间的观念，一点儿也没有了。总之案头堆着的从南边来的两三封问我何以老不写信的家信，可以作我久疏笔砚的明证。所以从头计算起来，大约自我发表最后的一篇整个儿的文字到现在，总已有一年以上，而自我的右手五指，抛离纸笔以来，至少也得有两三个月的光景。以天地之悠悠，而来较量这一年或三个月的时间，大约总不过似骆驼身上的半截毫毛，但是由先天不足，后天亏损——这是我们中国医生常说的话，我这样的用在这里，请大家不要笑我——的我说来，渺焉一身，寄住在这北风凉冷的皇城人海中间，受尽了种种欺凌侮辱，竟能安然无事的经过这么长的一段时间，却是一种摩西以后的最大奇迹。

回想起来这一年的岁月，实在是悠长得很呀！绵绵钟鼓初长的秋夜，我当众人睡尽的中宵，一个人在六尺方的卧房里踏来踏去，想想我的女人，想想我的朋友，想想我的暗淡的前途，曾经熏烧了多少枝的短长烟卷？睡不着的时候，我一个人拿了蜡烛，幽脚幽手的跑上厨房去烧些风鸡糟鸭来下酒的事情，也不止三次五次。而由现在回顾当时，那时候初到北京后的这种不安焦躁的神情，却只似儿时的一场恶梦，相去好像已经有十

批注空间

几年的样子，你说这一年的岁月对我是长也不长？

这分外的觉得岁月悠长的事情，不仅是意识上的问题，实际上这一年来我的肉体精神两方面，都印上了这人家以为很短而在我却是很长的时间的烙印。去年十月在黄浦江头送我上船的几位可怜的朋友，若在今年此刻，和我相遇于途中，大约他们看见了我，总只是轻轻的送我一瞥，必定会仍复不改常态地向前走去的。（虽则我的心里在私心默祷，使我遇见了他们，不要也不认识他们！）

这一年的中间，我的衰老的气象，实在是太急速的侵袭到了，急速的，真真是很急速的。“白发三千丈”一流的夸张的比喻，我们暂且不去用它，就减之又减的打一个折扣来说罢，我在这一年中间，至少也的的确确的长了十岁年纪。牙齿也掉了，记忆力也消退了，对镜子剃削胡髭的早晨，每天都要很惊异地往后看一看，以为镜子里反映出来的，是别一个站在我后面的没有到四十岁的半老人。腰间的皮带，尽是一个窟窿一个窟窿的往里缩，后来现成的孔儿不够，却不得不重用钻子来新开，现在已经开到第二个了。最使我伤心的，是当人家欺凌我侮辱我的时节，往日很容易起来的那一种愤激之情，现在怎么也鼓励不起来。非但如此，当我觉得受了最大的侮辱的时候，不晓从何处来的一种滑稽的感想，老要使我作会心的微笑。不消说年青时候的种种妄想，早已消磨得干干净净，现在我连自家的女人小孩的生存，和家中老母的健否等问题都想不起来，有时候上街去雇得着车，坐在车上，只想车夫走往向阳的地方去——因为我现在忽而怕起冷来了——慢一点儿走，好使我饱看些街上来往的行人，和组成现代的大同世界的形形色色。看倦了，走倦了，跑回家来，只想弄一点美味的东西吃吃，并且一边吃，一边还要想出如何能够使这些美味的东西吃下去不会饱胀的方法来，因为我的牙齿不好，消化不良，美味的东西，老怕不能一天到晚不间断的吃过去。

二

现在我们在这里所享有的，是一年中间最好不过的十月。江北江南，正是小春的时候。况且世界又是大同，东洋车，牛车，马车上，一闪一闪的在微风里飘荡的，都是些除五色旗外的世界各国的旗子。天色苍苍，又高又远，不但我们大家酣歌笑舞的声音，达不到天听，就是我们的哀号狂泣，也和耶和华的耳朵，隔着蓬山几千万叠。生逢这样的太平盛世，依理我也应该向长安的落日，遥进一杯祝颂南山的寿酒，但不晓怎么的，我自昨天以来，明镜似的心里，又忽而起了一层翳障。

仰起头来看看青天，空气澄清得怖人，各处散射在那里的阳光，又好像要对我说一句什么可怕的话，但是因为爱我怜我的缘故，不敢马上说出来的样子。脚底下铺着的扫不尽的落叶，忽而索落索落的响了一声，待我低下头来，向发出声音来的地方望去，却又看不出什么动静来了，这大约是我们庭后的那一棵槐树，又摆脱了一叶负担了罢。正是午前十点钟的光景，家里的人，都出去了，我因为孤零丁一个人在屋里坐不住，所以才踱到院子里来的，然而在院子里站了一忽，也觉得没有什么意思，昨晚来的那一点小小的忧郁，仍复笼罩在我的心上。

当半年前，每天只是忧郁的连续的时候，倒反而有一种余裕来享乐这一种忧郁，现在连快乐也享受不了的我的脆弱的身心，忽而沾染了这一层虽则是很淡很淡，但也好像是很深的隐忧，只觉得坐立都是不安。没有方法，我就把香烟连续的吸了好几支。

是神明的摄理呢，还是我的星命的佳会？正在这无可奈何的时候，门铃儿响了。小朋友 G 君，背了水彩画具架进来说：

“达夫，我想去郊外写生，你也同我去郊外走走吧！”

G 君年纪不满二十，是一位很活泼的青年画家，因为我也很喜欢看画，所以他老上我这里来和我讲些关于作画的事情。据他说，“今天天气太好，坐在家里，太对大自然不起，还是出

批注空间

去走走的好。”我换了衣服，一边和他走出门来，一边在告诉门房“中饭不来吃，叫大家不要等我”的时候，心里所感得的喜悦，真觉得怎么也形容不出来。

三

本来是没有一定目的地的我们，到了路上，自然而然的走向西去，出了平则门。阳光不问城内城外，一例的很丰富的洒在那里。城门附近的小摊儿上，在那里摊开花生米的小贩，大约是因为他穿着的那件宽大的夹袄的原因罢，觉得他的身上也反映着一味秋气。茶馆里的茶客，和路上来往的行人，在这样和煦的太阳光里，面上总脱不了一副贫陋的颜色，我看看这些人的样子，心里又有点不舒服起来，所以就叫G君避开城外的大街沿城折往北去。夏天常来的这城下长堤上，今天来往的大车特别的少。道旁的杨柳，颜色也变了，影子也疏了。城河里的浅水，依旧映着晴空，反射着日光，实际上和夏天并没有什么区别，但我觉得总有一种寂寥的感觉，浮在水面。抬头看看对岸，远近一排半凋的林木，纵横交错的列在空中。大地的颜色，也不似夏日的茏葱，地上的浅草都已枯尽，带起浅黄色来了。法国教堂的屋顶，也好像失了势力似的，在半凋的树林中孤立在那里。与夏天一样的，只有一排西山连亘的峰峦。大约是今天空气格外澄鲜的缘故罢，这排明褐色的屏障，觉得是近得多了，的确比平时近得多了。此外弥漫在空际的，只有明蓝澄洁的空气，悠久广大的天空和饱满的阳光，和暖的阳光。隔岸堤上，忽而走出了两个着灰色制服的兵来。他们拖了两个斜短的影子，默默的在向南的行走。我见了他们，想起了前几天平则门外的抢劫的事情，所以就对G君说：

“我看这里太辽阔，取不下景来，我们还是进城去吧！上小馆子去吃了午饭再说。”

G 君踏来踏去的看了一会，对我笑着说："近来不晓怎么的，有一种莫名其妙的神秘的灵感，常常闪现在我的脑里。今天是不成了，没有带颜料和油画的家伙来。"他说着用手向远处教堂一指，同时又接着说：

"几时我想画画教堂里的宗教画看。"

"那好得很啊！"

猫猫虎虎的这样回答了一句，我就转换方向，慢慢的走回到城里来了。落后了几步，他也背着画具，慢慢的跟我走来。

四

喝了两斤黄酒，吃得满满的一腹。我和 G 君坐在洋车上，被拉往陶然亭去的时候，太阳已经打斜了。本来是有点醉意，又被午后的阳光一烘，我坐在车上，眼睛觉得渐渐的朦胧了起来。洋车走尽了粉房琉璃街，过了几处高低不平的新开地，交入南下洼旷野的时候，我向右边一望，只见几列鳞鳞的屋瓦，半隐半现的在西边一带的疏林里跳跃。天色依旧是苍苍无底，旷野里的杂粮，也已割尽，四面望去，只是洪水似的午后的阳光，和远远躺在阳光里的矮小的坛殿城池。我张了一张睡眼，向周围望了一圈，忽笑向 G 君说：

"秋气满天地，胡为君远行，这两句唐诗真有意思，要是今天是你去法国的日子，我在这里饯你的行，那么再比这两句诗适应的句子怕是没有了，哈哈……"

只喝了半小杯酒，脸上已涨得潮红的 G 君也笑着对我说：

"唐诗不是这样的两句，你记错了吧！"

两人在车上笑说着，洋车已经走入了陶然亭近边的芦花丛里，一片灰白的毫芒，无风也自己在那里作浪。西边天际有几点青山隐隐，好像在那里笑着对我们点头。下车的时候，我觉得支持不住了，就对 G 君说：

“我想上陶然亭去睡一觉，你在这里画吧！现在总不过两点多钟，我睡醒了再来找你。”

五

陶然亭的听差的来摇我醒来的时候，西窗上已经射满了红色的残阳。我洗了手脸，喝了二碗清茶，从东面的台阶上下来，看见陶然亭的黑影，已经越过了东边的道路，遮满了一大块道路东面的芦花水地。往北走去，只见前后左右，尽是茫茫一片的白色芦花。西北抱冰堂一角，扩张着阴影，而侧面的高处，满挂了夕阳最后的余光，在那里催促农民的息作。穿过了香冢鹦鹉冢的土堆的东面，在一条浅水和墓地的中间，我远远认出了 G 君的侧面朝着斜阳的影子。从芦花铺满的野路上走去，将走近G君背后的时候,我忽而气也吐不出来,向西的瞪目呆住了。这样伟大的，这样迷人的落日的远景，我却从来还没有看见过。太阳离山，大约不过盈尺的光景，点点的遥山，淡得比春初的嫩草，还要虚无缥缈。监狱里的一架高亭，突出在许多有谐调的树林的枝干高头。芦根的浅水，满浮着芦花的绒穗，也不像积绒，也不像银河。芦萍开处，忽映出一道细狭而金赤的阳光，高冲牛斗。同是在这反光里飞堕的几簇芦绒，半边是红，半边是白。我向西呆看了几分钟，又回头向东北三面环眺了几分钟，忽而把什么都忘掉了，连我自家的身体也忘掉了。

上前走了几步，在灰暗中我看见 G 君的两手，正在忙动。我叫了一声，G 君头也不朝转来，很急促的对我说：

“你来，你来，来看我的杰作！”

我走近前去一看，他画架上，悬在那里，正在上色的，并不是夕阳，也不是芦花，画的中间，向右斜曲的，却是一条颜色很沉滞的大道。道旁是一处阴森的墓地，墓地的背后，有许

批注空间

多灰黑凋残的古木，横叉在空间。枯木林中，半弯下弦的残月，刚升起来，冰冷的月光，模糊隐约的照出了一只停在墓地树枝上的猫头鹰的半身。颜色虽则还没有上全，然而一道逼人的冷气，却从这幅未完的画面直向观者的脸上喷来。我簇紧了眉峰，对这画面静看了几分钟，抬起头来正想说话的时候，觉得太阳已经完全下山了，四面的薄暮的光景也比一刻前促迫了。尤其是使我惊恐的，是我抬起头来的时候，在我们的西北的墓地里，也有一个很淡很淡的黑影，动了一动。我默默的停了一会，惊心定后，再朝转头来看东边天上的时候，却见了一痕初五六的新月，悬挂在空中。又停了一会，把惊恐之心，按捺了下去，我才慢慢的对 G 君说：

“这一张小画，的确是你的杰作，未完的杰作。太晚了，快快起来，我们走罢！我觉得冷得很。”我话没有讲完，又对他那张画看了一眼，打了一个冷痉，忽而觉得毛发都竦竖了起来，同时自昨天来在我胸中盘踞着的那种莫名其妙的忧郁，又笼罩上我的心来了。

G 君含了满足的微笑，尽在那里闭了一只眼睛——这是他的脾气——细看他那未完的杰作。我催了他好几次，他才起来收拾画具。我们二人慢慢的走回家来的时候，他也好像倦了，不愿意讲话，我也为那种忧郁所侵袭，不想开口。两人默默的走到灯火荧荧的民房很多的地方，G 君开口问我说：

“这一张画的题目，我想叫‘残秋的日暮’，你说好不好？”

“画上的表现，岂不是半夜的景象么？何以叫日暮呢？”

他听了我这句话，又含了神秘的微笑说：

“这就是今天早晨我和你谈的神秘的灵感哟！我画的画，老喜欢依画画时候的情感季节来命题，画面和画题合不合，我是不管的。”

“那么，‘残秋的日暮’也觉得太衰飒了，况且现在已经入了十月，十月小阳春，哪里是什么残秋呢？”

“那么我这张画就叫作‘小春’吧！”

这时候我们已经走进了一条热闹的横街，两人各雇着洋车，分手回来的时候，上弦的新月，也已起来得很高了。我一个人摇来摇去的被拉回家来，路上经过了许多无人来往的乌黑的僻巷。僻巷的空地道上，纵横倒在那里的，只是些房屋和电杆的黑影。从灯火辉煌的大街，忽而转入这样僻静的地方的时候，谁也会发生一种奇怪的感觉出来，我在这初月微明的天盖下面苍茫四顾，也忽而好像是遇见了什么似的，心里的那一种莫名其妙的忧郁，更深起来了。

（一九二四）十三年旧历十月初七日

（原载一九二四年十一月十一日、十二日、十四日《晨报副镌》）

简析

这篇文章可以说是《零余者》的继续，从文中我们仍然可以清晰地看到作者那种无法排遣却又挥之不去的，愈演愈烈的失意、苦闷和严重的忧郁。作者写的这一“零余者”形象，不仅仅是他自己的投影，同时也是当时那些穷窘、苦闷、失意和颓废的下层落魄知识分子的缩影。直抒心绪，融情于景，使笔下的景物富有了人物的主观色彩：暗淡、萧索、灰沉且毫无生气。

志摩在回忆里

新诗传宇宙，竟尔乘风归去，同学同庚，老友如君先宿草。

华表托精灵，何当化鹤重来，一生一死，深闺有妇赋招魂。

这是我托杭州陈紫荷先生代作代写的一副挽志摩的挽联。陈先生当时问我和志摩的关系，我只说他是我自小的同学，又是同年，此外便是他这一回的很适合他身分的死。

做挽联我是不会做的，尤其是文言的对句。而陈先生也想了许多成句，如“高处不胜寒”，“犹是深闺梦里人”之类，但似乎都寻不出适当的上下对，所以只成了上举的一联。这挽联的好坏如何，我也不晓得，不过我觉得文句做得太好，对仗对得太工，是不大适合于哀挽的本意的。悲哀的最大表示，是自然的目瞪口呆，僵若木鸡的那一种样子，这我在小曼夫人当初次接到志摩的凶耗的时候曾经亲眼见到过。其次是抚棺的一哭，这我在万国殡仪馆中，当日来吊的许多志摩的亲友之间曾经看到过。至于哀挽诗词的工与不工，那却是次而又次的问题了。我不想说志摩是如何如何的伟大，我不想说他是如何如何的可爱，我也不想说我因他之死而感到怎么怎么的悲哀，我只想把在记忆里的志摩来重描一遍，因而再可以想见一次他那副凡见过他一面的人谁都不容易忘去的面貌与音容。

大约是在宣统二年（一九一〇）的春季，我离开故乡的小市，去转入当时的杭府中学读书，——上一期似乎是在嘉兴府中读的，终因路远之故而转入了杭府——那时候府中的监督，记得是邵伯炯先生，寄宿舍是大方伯的图书馆对面。

当时的我，是初出茅庐的一个十四岁未满的乡下少年，突然间闯入了省府的中心，周围万事看起来都觉得新异怕人。所以在宿舍里，在课堂上，我只是诚惶诚恐，战战兢兢，同蜗牛似的蜷伏着，连头都不敢伸一伸出壳来。但是同我的这一种畏缩态度正相反的，在同一级同一宿舍里，却有两位奇人在跳跃活动。

一个是身体生得很小，而脸面却是很长，头也生得特别大的小孩子。我当时自己当然总也还是一个孩子，然而看见了他，心里却老是在想，“这顽皮小孩，样子真生得奇怪”，仿佛我自己已经是一个大孩似的。还有一个日夜和他在一块，最爱做种种淘气的把戏，为同学中间的爱戴集中点的，是一个身材长得相当的高大，面上也已经满示着成年的男子的表情，由我那时候的心里猜来，仿佛是年纪总该在三十岁以上的大人，——其实呢，他也不过和我们上下年纪而已。

他们俩，无论在课堂上或在宿舍里，总在交头接耳的密谈着，高笑着，跳来跳去，和这个那个闹闹，结果却终于会出其不意地做出一件很轻快很可笑很奇特的事情来吸引大家的注意的。

而尤其使我惊异的，是那个头大尾巴小，戴着金边近视眼镜的顽皮小孩，平时那样的不用功，那样的爱看小说——他平时拿在手里的总是一卷有光纸上印着石印细字的小本子——而考起来或作起文来却总是分数得得最多的一个。

像这样的和他们同住了半年宿舍，除了有一次两次也上了他们一点小当之外，我和他们终究没有发生什么密切一点的关系；后来似乎我的宿舍也换了，除了在课堂上相聚在一块之外，见面的机会更加少了。年假之后第二年的春天，我不晓为了什么，突然离去了府中，改入了一个现在似乎也还没有关门的教会学校。从此之后，一别十余年，我和这两位奇人——一个小孩，一个大人——终于没有遇到的机会。虽则在异乡飘泊的途中，也时常想起当日的旧事，但是终因为周围环境的迁移激变，对这微风似的少年时候的回忆，也没有多大的留恋。

民国十三四年——一九二三、四年——之交，我混迹在北京的软红尘里，有一天风定日斜的午后，我忽而在石虎胡同的松坡图书馆里遇见了志摩。仔细一看，他的头，他的脸，还是同中学时候一样发育得分外的大，而那矮小的身材却不同了，非常之长大了，和他并立起来，简直要比我高一二寸的样子。

他的那种轻快磊落的态度，还是和孩时一样，不过因为历尽了欧美的游程之故，无形中已经锻炼成了一个长于社交的人了。笑起来的时候，可还是同十几年前的那个顽皮小孩一色无二。

从这年后，和他就时时往来，差不多每礼拜要见好几次面。他的善于座谈，敏于交际，长于吟诗的种种美德，自然而然地使他成了一个社交的中心。当时的文人学者、达官丽姝，以及中学时候的倒霉同学，不论长幼，不分贵贱，都在他的客座上可以看得到。不管你是如何心神不快的时候，只教经他用了他那种浊中带清的洪亮的声音，“喂，老 ×，今天怎么样？什么什么怎么样了？”的一问，你就自然会把一切的心事丢开，被他的那种快乐的光耀同化了过去。

正在这前后，和他一次谈起了中学时候的事情，他却突然的呆了一呆，张大了眼睛惊问我说：

“老李你还记得起记不起？他是死了哩！”

这所谓老李者，就是我在头上写过的那位顽皮大人，和他一道进中学的他的表哥哥。

其后他又去欧洲，去印度，交游之广，从中国的社交中心扩大而成为国际的。于是美丽宏博的诗句和清新绝俗的散文，也一年年的积多了起来。一九二七年的革命之后，北京变了北平，当时的许多中间阶级者就四散成了秋后的落叶。有些飞上了天去，成了要人，再也没有见到的机会了；有些也竟安然地在牖下到了黄泉；更有些，不死不生，仍复在歧路上徘徊着，苦闷着，而终于寻不到出路。是在这一种状态之下，有一天在上海的街头，我又忽而遇见了志摩。

“喂，这几年来你躲在什么地方？”

兜头的一喝，听起来仍旧是他那一种洪亮快活的声气。在

批注空间

路上略谈了片刻，一同到了他的寓里坐了一会，他就拉我一道到了大赉公司的轮船码头。因为午前他刚接到了无线电报，诗人太果尔回印度的船系定在午后五时左右靠岸，他是要上船去看看这老诗人的病状的。

当船还没有靠岸，岸上的人和船上的人还不能够交谈的时候，他在码头上的寒风里立着——这时候似乎已经是秋季了——静静地呆呆地对我说：

“诗人老去，又遭了新时代的摈斥，他老人家的悲哀，正是孔子的悲哀。”

因为太果尔这一回是新从美国日本去讲演回来，在日本在美国都受了一部分新人的排斥，所以心里是不十分快活的，并且又因年老之故，在路上更染了一场重病。志摩对我说这几句话的时候，双眼呆看着远处，脸色变得青灰，声音也特别的低。我和志摩来往了这许多年，在他脸上看出悲哀的表情来的事情，这实在是最初也便是最后的一次。

从这一回之后，两人又同在北京的时候一样，时时来往了。可是一则因为我的疏懒无聊，二则因为他跑来跑去的教书忙，这一两年间，和他聚谈时候也并不多。今年的暑假后，他于去北平之先曾大宴了三日客。头一天喝酒的时候，我和董任坚先生都在那里。董先生也是当时杭府中学的旧同学之一，席间我们也曾谈到了当日的杭州。在他遇难之前，从北平飞回来的第二天晚上，我也偶然的，真真是偶然的，闯到了他的寓里。

那一天晚上，因为有许多朋友会聚在那里的缘故，谈谈说说，竟说到了十二点过。临走的时候，还约好了第二天晚上的后会才兹分散。但第二天我没有去，于是就永久失去了见他的机会了，因为他的灵柩到上海的时候是已经殓好了来的。

文人之中，有两种人最可以羡慕。一种是像高尔基一样，活到了六七十岁，而能写许多有声有色的回忆文的老寿星，其他的一种是如叶赛宁一样的光芒还没有吐尽的天才夭折者。前者可以写许多文学史上所不载的文坛起伏的经历，他个人就是一部纵的文学史。后者则可以要求每个同时代的文人都写一篇吊他哀他或评他骂他的文字，而成一部横的放大的文苑传。

现在志摩是死了，但是他的诗文是不死的，他的音容状貌可也是不死的，除非要等到认识他的人老老少少一个个都死完的时候为止。

一九三一年十二月十一日

附记

上面的一篇回忆写完之后，我想想，想想，又在陈先生代做的挽联里加入了一点事实，缀成了下面的四十二字：

三卷新诗，廿年旧友，与君同是天涯，只为佳人难再得。

一声河满，九点齐烟，化鹤重归华表，应愁高处不胜寒。

一九三一年十二月十九日

（原载一九三二年一月一日《新月》第四卷第一期）

简析

在这篇记人散文里，作者并没有对徐志摩进行全面评价，而是抓住人物的外在特征和性格中的某些最鲜明的特点，以流畅的笔致为读者描述了一个活灵活现的同窗好友徐志摩形象：戴着金边近视眼镜，“笑起来的时候，可还是同十几年前的那个顽皮小孩一色无二”。没有悲痛的哀号，没有慷慨的抒情，只将深情寓于纪实之中，让读者在淡淡的叙说中体味作者对亡友深切的痛念之情。

批注空间

钓台的春昼

因为近在咫尺，以为什么时候要去就可以去，我们对于本乡本土的名区胜景，反而往往没有机会去玩，或不容易下一个决心去玩的。正唯其是如此，我对于富春江上的严陵，二十年来，心里虽每在记着，但脚却从没有向这一方面走过。一九三一，岁在辛未，暮春三月，春服未成，而中央党帝，似乎又想玩一个秦始皇所玩过的把戏了，我接到了警告，就仓皇离去了寓居。先在江浙附近的穷乡里，游息了几天，偶而看见了一家扫墓的行舟，乡愁一动，就定下了归计。绕了一个大弯，赶到故乡，却正好还在清明寒食的节前。和家人等去上了几处坟，与许久不曾见过面的亲戚朋友，来往热闹了几天，一种乡居的倦怠，忽而袭上心来了，于是乎我就决心上钓台去访一访严子陵的幽居。

钓台去桐庐县城二十余里，桐庐去富阳县治九十里不足，自富阳溯江而上，坐小火轮三小时可达桐庐，再上则须坐帆船了。

我去的那一天，记得是阴晴欲雨的养花天，并且系坐晚班轮去的，船到桐庐，已经是灯火微明的黄昏时候了，不得已就只得在码头近边的一家旅馆的高楼上借了一宵宿。

桐庐县城，大约有三里路长，三千多烟灶，一二万居民，地在富春江西北岸，从前是皖浙交通的要道，现在杭江铁路一开，似乎没有一二十年前的繁华热闹了。尤其要使旅客感到萧条的，却是桐君山脚下的那一队花船的失去了踪影。说起桐君山，却是桐庐县的一个接近城市的灵山胜地，山虽不高，但因有仙，自然是灵了。以形势来论，这桐君山，也的确是可以产生出许多口音生硬，别具风韵的桐严嫂来的生龙活脉。地处在桐溪东岸，正当桐溪和富春江合流之所，依依一水，西岸便瞰视着桐庐县市的人家烟树。南面对江，便是十里长洲；唐诗人方干的故居，就在这十里桐洲九里花的花田深处。向西越过桐庐县城，更遥遥对着一排高低不定的青峦，这就是富春山的山子山孙了。东北面山下，是一片桑麻沃地，有一条长蛇似的官道，隐而复现，出没盘曲在桃花杨柳洋槐榆树的中间，绕过一支小岭，便是富阳县的境界，大约去程明道的墓地程坟，总也不过一二十里地的间隔。我的去拜谒桐君，瞻仰道观，就在那一天到桐庐的晚上，是淡云微月，正在作雨的时候。

鱼梁渡头，因为夜渡无人，渡船停在东岸的桐君山下。我从旅馆踱了出来，先在离轮埠不远的渡口停立了几分钟，后来向一位来渡口洗夜饭米的年轻少妇，弓身请问了一回，才得到了渡江的秘诀。她说："你只须高喊两三声，船自会来的。"先谢了她教我的好意，然后以两手围成了播音的喇叭，"喂，喂，渡船请摇过来！"地纵声一喊，果然在半江的黑影当中，船身摇动了。渐摇渐近，五分钟后，我在渡口，却终于听出了咿呀柔橹的声音。时间似乎已经入了酉时的下刻，小市里的群动，这时候都已经静息，自从渡口的那位少妇，在微茫的夜色里，藏去了她那张白团团的面影之后，我独立在江边，不知不觉心里头却兀自感到了一种他乡日暮的悲哀。渡船到岸，船头上起了几声微微的水浪清音，又铜东的一响，我早已跳上了船，渡船也已经掉过头来了。坐在黑影沉沉的舱里，我起先只在静听着柔橹划水的声音，然后却在黑影里看出了一星船家在吸着的长烟管头上的烟火，最后因为被沉默压迫不过，我只好开口说话了："船家！你这样的渡我过去，该给你几个船钱？"我问。"随你先生把几个就是。"船家说话冗慢幽长，似乎已经带着些睡意了，我就向袋里摸出了两角钱来。"这两角钱，就算是我的渡船钱，请你候我一会，上去烧一次夜香，我是依旧要渡过江来的。"船家的回答，只是恩恩乌乌，幽幽同牛叫似的一种鼻音，然而从继这鼻音而起的两三声轻快的咯声听来，他却已经在感到满

批注空间

足了，因为我也知道，乡间的义渡，船钱最多也不过是两三枚铜子而已。

到了桐君山下，在山影和树影交掩着的崎岖道上，我上岸走不上几步，就被一块乱石绊倒，滑跌了一次。船家似乎也动了恻隐之心了，一句话也不发，跑将上来，他却突然交给了我一盒火柴。我于感谢了一番他的盛意之后，重整步武，再摸上山去，先是必须点一枝火柴走三五步路的，但到得半山，路既就了规律，而微云堆里的半规月色，也朦胧地现出一痕银线来了，所以手里还存着的半盒火柴，就被我藏入了袋里。路是从山的西北，盘曲而上，渐走渐高，半山一到，天也开朗了一点，桐庐县市上的灯光，也星星可数了。更纵目向江心望去，富春江两岸的船上和桐溪合流口停泊着的船尾船头，也看得出一点一点的火来。走过半山，桐君观里的晚祷钟鼓，似乎还没有息尽，耳朵里仿佛听见了几丝木鱼钲钹的残声。走上山顶，先在半途遇着了一道道观外围的女墙，这女墙的栅门，却已经掩上了。在栅门外徘徊了一刻，觉得已经到了此门而不进去，终于是不能满足我这一次暗夜冒险的好奇怪癖的。所以细想了几次，还是决心进去，非进去不可，轻轻用手往里面一推，栅门却呀的一声，早已退向了后方开开了，这门原来是虚掩在那里的。进了栅门，踏着为淡月所映照的石砌平路，向东向南的前走了五六十步，居然走到了道观的大门之外，这两扇朱红漆的大门，不消说是紧闭在那里的。到了此地，我却不想再破门进去了，因为这大门是朝南向着大江开的，门外头是一条一丈来宽的石砌步道，步道的一旁是道观的墙，一旁便是山坡，靠山坡的一面，并且还有一道二尺来高的石墙筑在那里，大约是代替栏杆，防人倾跌下山去的用意，石墙之上，铺的是二三尺宽的青石，在这似石栏又似石凳的墙上，尽可以坐卧游息，饱看桐江和对岸的风景，就是在这里坐它一晚，也很可以，我又何必去打开门来，惊起那些老道的恶梦呢？

空旷的天空里，流涨着的只是些灰白的云，云层缺处，原也看得出半角的天，和一点两点的星，但看起来最饶风趣的，却仍是欲藏还露，将见仍无的那半规月影。这时候江面上似乎起了风，云脚的迁移，更来得迅速了，而低头向江心一看，几多散乱着的船里的灯光，也忽明忽灭地变换了一变换位置。

这道观大门外的景色，真神奇极了。我当十几年前，在放浪的游程里，曾向瓜州京口一带，消磨过不少的时日，那时觉得果然名不虚传的，确是甘露寺外的江山，而现在到了桐庐，昏夜上这桐君山来一看，又觉得这江山的秀而且静，风景的整而不散，却非那天下第一江山的北固山所可与比拟的了。真也难怪得严子陵，难怪得戴征士，倘使我若能在这样的地方结屋读书，以养天年，那还要什么的高官厚禄，还要什么的浮名虚誉哩？一个人在这桐君观前的石凳上，看看山，看看水，看看城中的灯火和天上的星云，更做做浩无边际的无聊的幻梦，我竟忘记了时刻，忘记了自身，直等到隔江的击柝声传来，向西一看，忽而觉得城中的灯影微茫地减了，才跑也似地走下了山来，渡江奔回了客舍。

第二日侵晨，觉得昨天在桐君观前做过的残梦正还没有续完的时候，窗外面忽而传来了一阵吹角的声音。好梦虽被打破，但因这同吹　篥似的商音哀咽，却很含着些荒凉的古意，并且晓风残月，杨柳岸边，也正好候船待发，上严陵去；所以心里虽怀着了些儿怨恨，但脸上却只现出了一痕微笑，起来梳洗更衣，叫茶房去雇船去。雇好了一只双桨的渔舟，买就了些酒菜鱼米，就在旅馆前面的码头上上了船。轻轻向江心摇出去的时候，东方的云幕中间，已现出了几丝红韵，有八点多钟了，舟师急得厉害，只在埋怨旅馆的茶房，为什么昨晚不预先告诉，好早一点出发。因为此去就是七里滩头，无风七里，有风七十里，上钓台去玩一趟回来，路程虽则有限，但这几日风雨无常，说不定要走夜路，才回来得了的。

过了桐庐，江心狭窄，浅滩果然多起来了。路上遇着的来往的行舟，数目也是很少，因为早晨吹的角，就是往建德去的快班船的信号，快班船一开，来往于两埠之间的船就不十分多了。两岸全是青青的山，中间是一条清浅的水，有时候过一个沙洲，洲上的桃花菜花，还有许多不晓得名字的白色的花，正在喧闹着春暮，吸引着蜂蝶。我在船头上一口一口的喝着严东关的药酒，指

批注空间

批注空间

东话西地问着船家，这是什么山？那是什么港？惊叹了半天，称颂了半天，人也觉得倦了，不晓得什么时候，身子却走上了一家水边的酒楼，在和数年不见的几位已经做了党官的朋友高谈阔论。谈论之余，还背诵了一首两三年前曾在同一的情形之下做成的歪诗：

不是尊前爱惜身，佯狂难免假成真，
曾因酒醉鞭名马，生怕情多累美人。
劫数东南天作孽，鸡鸣风雨海扬尘，
悲歌痛哭终何补，义士纷纷说帝秦。

直到盛筵将散，我酒也不想再喝了，和几位朋友闹得心里各自难堪，连对旁边坐着的两位陪酒的名花都不愿意开口。正在这上下不得的苦闷关头，船家却大声的叫了起来说：

"先生，罗芷过了，钓台就在前面，你醒醒罢，好上山去烧饭吃去。"

擦擦眼睛，整了一整衣服，抬起头来一看，四面的水光山色又忽而变了样子了。清清的一条浅水，比前又窄了几分，四围的山包得格外的紧了，仿佛是前无去路的样子。并且山容峻削，看去觉得格外的瘦格外的高。向天上地下四围看去，只寂寂的看不见一个人类。双桨的摇响，到此似乎也不敢放肆了，钩的一声过后，要好半天才来一个幽幽的回响，静，静，静，身边水上，山下岩头，只沉浸着太古的静，死灭的静，山峡里连飞鸟的影子也看不见半只。前面的所谓钓台山上，只看得见两个大石垒，一间歪斜的亭子，许多纵横芜杂的草木。山腰里的那座祠堂，也只露着些废垣残瓦，屋上面连炊烟都没有一丝半缕，像是好久好久没有人住了的样子。并且天气又来得阴森，早晨曾经露一露脸过的太阳，这时候早已深藏在云堆里了，余下来的只是时有时无从侧面吹来的阴飕飕的半箭儿山风。船靠了山脚，跟着前面背着酒菜鱼米的船夫走上严先生祠堂去的时候，我心里真有点害怕，怕在这荒山里要遇见一个干枯苍老得同丝瓜筋似的严先生的鬼魂。

批注空间

在祠堂西院的客厅里坐定，和严先生的不知第几代的裔孙谈了几句关于年岁水旱的话后，我的心跳也渐渐儿的镇静下去了，嘱托了他以煮饭烧菜的杂务，我和船家就从断碑乱石中间爬上了钓台。

东西两石垒，高各有二三百尺，离江面约两里来远，东西台相去，只有一二百步，但其间却夹着一条深谷。立在东台，可以看得出罗芷的人家，回头展望来路，风景似乎散漫一点，而一上谢氏的西台，向西望去，则幽谷里的清景，却绝对的不像是在人间了。我虽则没有到过瑞士，但到了西台，朝西一看，立时就想起了曾在照片上看见过的威廉退儿的祠堂。这四山的幽静，这江水的青蓝，简直同在画片上的珂罗版色彩，一色也没有两样，所不同的，就是在这儿的变化更多一点，周围的环境更芜杂不整齐一点而已，但这却是好处，这正是足以代表东方民族性的颓废荒凉的美。

从钓台下来，回到严先生的祠堂——记得这是洪杨以后严州知府戴槃重建的祠堂——西院里饱啖了一顿酒肉，我觉得有点酩酊微醉了。手拿着以火柴柄制成的牙签，走到东面供着严先生神像的龛前，向四面的破壁上一看，翠墨淋漓，题在那里的，竟多是些俗而不雅的过路高官的手笔。最后到了南面的一块白墙头上，在离屋檐不远的一角高处，却看到了我们的一位新近去世的同乡夏灵峰先生的四句似邵尧夫而又略带感慨的诗句。夏灵峰先生虽则只知崇古，不善处今，但是五十年来，像他那样的顽固自尊的亡清遗老，也的确是没有第二个人。比较起现在的那些官迷财迷的南满尚书和东洋宦婢来，他的经术言行，姑且不必去论它，就是以骨头来称称，我想也要比什么罗三郎郑太郎辈，重到好几百倍。慕贤的心一动，醺人的臭技自然是难熬了，堆起了几张桌椅，借得了一支破笔，我也在高墙上在夏灵峰先生的脚后放上了一个陈屁，就是在船舱的梦里，也曾微吟过的那一首歪诗。

从墙头上跳将下来，又向龛前天井去走了一圈，觉得酒后的喉咙，有点渴痒了，所以就又走回到了西院，静坐着喝了两碗清茶。在这四大无声，只听见我自己的啾啾喝水的舌音冲击

批注空间

到那座破院的败壁上去的寂静中间，同惊雷似的一响，院后的竹园里却忽而飞出了一声闲长而又有节奏似的鸡啼的声来。同时在门外面歇着的船家，也走进了院门，高声的对我说：

“先生，我们回去罢，已经是吃点心的时候了，你不听见那只公鸡在后山啼么？我们回去罢！”

一九三二年八月在上海写

（原载一九三二年九月十六日《论语》半月刊第一期）

简 析

本文是于1931年接到“中央党帝”警告后避居富春江故乡时所作。作者一反写景散文重在描景的常规写法，集中笔力渲染钓台幽静的氛围和意境，通过对这种极静的渲染，便于读者既感受钓台特有的神韵，也更能体味作家对“中央党帝”所玩的秦始皇把戏的厌恶之情，以及作者隐遁山水深处的心绪。

浙东景物纪略

[方岩纪静]

方岩在永康县东北五十里。自金华至永康的百余里，有公共汽车可坐，从永康至方岩就非坐轿或步行不可；我们去的那天，因为天阴欲雨，所以在永康下公共汽车后就都坐了轿子，向东前进。十五里过金山村，又十五里到芝英是一大镇，居民约有千户，多应姓者；停轿少息，雨愈下愈大了，就买了些油纸之类，作防雨具。再行十余里，两旁就有起山来了，峰岩奇特，老树纵横，在微雨里望去，形状不一，轿夫一一指示说：

"这是公婆岩，那是老虎岩，……老鼠梯。"等等，说了一大串，又数里，就到了岩下街，已经是在方岩的脚下了。

凡到过金华的人，总该有这样的一个经验，在旅馆里住下后，每会有些着青布长衫，文质彬彬的乡下先生，来盘问你：

"是否去方岩烧香的？这是第几次来进香了？从前住过那一家？"

你若回答他说是第一次去方岩，那他就会拿出一张名片来，请你上方岩去后，到这一家去住宿。这些都是岩下街的房头，像旅店而又略异的接客者。远在数百里外，就有这些派出代理人来兜揽生意，一则也可以想见一年到头方岩香市之盛，一则也可以推想岩下街四五百家人家，竞争的激烈。

岩下街的所谓房头，经营旅店业而专靠胡公庙吃饭者，总有三五千人，大半系程应二姓，文风极盛，财产也各可观，房

批注空间

子都系三层楼。大抵的情形，下层系建筑在谷里，中层沿街，上层为楼，房间一家总有三五十间，香市盛的时候，听说每家都患人满。香客之自绍兴、处州、杭州及近县来者，为数固已不少，最远者，且有自福建来的。

从岩下街起，曲折再行三五里，就上山；山上的石级是数不清的，密而且峻，盘旋环绕，要走一个钟头，才走得到胡公庙的峰门。

胡公名则，字子正，永康人，宋兵部侍郎，尝奏免衢婺二州民丁钱，所以百姓感德，立庙祀之。胡公少时，曾在方岩读过书，故而庙在方岩者为老牌真货。且时显灵异，最著的，有下列数则：

> 宋徽宗时，寇略永康，乡民避寇于方岩，岩有千人坑，大藤悬挂，寇至缘藤而上，忽见赤蛇啮藤断，寇都坠死。
>
> 盗起清溪，盘踞方岩，首魁夜梦神饮马于岩之池，平明池涸，其徒惊溃。
>
> 洪杨事起，近乡近村多遭劫，独方岩得无恙。
>
> 民国三年，嵊县乡民，慕胡公之灵异，造庙祀之，乘昏夜来方岩盗胡公头去，欲以之造像，公梦示知事及近乡农民，属捉盗神像头者，盗尽就逮。是年冬间嵊县一乡大火，凡预闻盗公头者皆烧失。翌年八月该乡民又有二人来进香，各毙于路上。

类似这样的奇迹灵异，还数不胜数，所以一年四季，方岩香火不绝，而尤以春秋为盛，朝山进香者，络绎于四方数百里的途上。金华人之远旅他乡者，各就其地建胡公庙以祀公，虽然说是迷信，但感化威力的广大，实在也出乎我们的意料之外，这就是方岩的盛名所以能远播各地的一近因而说的话，至于我们的不远千里，必欲至方岩一看的原因，却在它的山水的幽静灵秀，完全与别种山峰不同的地方。

方岩附近的山，都是绝壁陡起，高二三百丈，面积周围三五里至六七里不等。而峰顶与峰脚，面积无大差异，形状或方或圆，绝似硕大的撑天圆柱。峰岩顶上，又都是平地，林木丛丛，簇生如发。峰的腰际，只是一层一层的沙石岩壁，可望而不可登。间有瀑布奔流，奇树突现，自朝至暮，因日光风雨之移易，形状景象，也千变万化，捉摸不定。山之伟观到此大约是可以说得已臻极顶了罢？

从前看中国画里的奇岩绝壁，皴法皱迭，苍劲雄伟到不可思议的地步，现在到了方岩，向各山略一举目，才知道南宗北派的画山点石，都还有未到之处。在学校里初学英文的时候，读到那一位美国清教作家何桑的《大石面》一篇短篇，颇生异想，身到方岩，方知年幼时的少见多怪，像那篇小说里所写的大石面，在这附近真不知有多多少少。我不曾到过埃及，不知沙漠中的Sphinx比起这些岩面来，又该是谁兄谁弟。尤其是天造地设，清幽岑寂到令人毛发悚然的一区境界，是方岩北面相去约二三里地的寿山下五峰书院所在的地方。

北面数峰，远近环拱，至西面而南偏，绝壁千丈，成了一条上突下缩的倒覆危墙。危墙腰下，离地约二三丈的地方，墙脚忽而不见，形成大洞，似巨怪之张口，口腔上下，都是石壁，五峰书院，丽泽祠，学易斋，就建筑在这巨口的上下腭之间，不施椽瓦，而风雨莫及，冬暖夏凉，而红尘不到。更奇峭者，就是这绝壁的忽而向东南的一折，递进而突起了固厚，瀑布，桃花，复釜，鸡鸣的五个奇峰，峰峰都高大似方岩，而形状颜色，各不相同。立在五峰书院的楼上，只听得见四围飞瀑的清音，仰视天小，鸟飞不渡，对视五峰，青紫无言，向东展望，略见白云远树，浮漾在楔形阔处的空中。一种幽静，清新，伟大的感觉，自然而然地袭向人来；朱晦翁，吕东莱，陈龙川诸道学先生的必择此地来讲学，以及一般宋儒的每喜利用山洞或风景幽丽的地方作讲堂，推其本意，大约总也在想借了自然的威力来压制人欲的缘故，不看金华的山水，这种宋儒的苦心是猜不出来的。

初到方岩的一天，就在微雨里游尽了这五峰书院的周围，与胡公庙的全部。庙在岩顶，规模颇大，前前后后，也有两条街，许多房头，在蒙胡公的福荫；一人成佛，鸡犬都仙，原是中国的旧例。胡公神像，是一位赤面长须的柔和长者，前殿后殿，各有一尊，相貌装饰，两都一样，大约一尊是预备着于出会时用的。我们去的那日，大约刚逢着了废历的十月初一，庙中前殿戏台上在演社戏敬神。台前簇拥着许多老幼男女，各流着些被感动了的随喜之泪，而戏中的情节说辞，我们竟一点儿也不懂；问问立在我们身旁的一位像本地出身，能说普通话的中老绅士，方知戏班是本地班，所演的为《杀狗劝妻》一类的孝义杂剧。

从胡公庙下山，回到了宿处的程 ×× 店中，则客堂上早已经点起了两枝大红烛，摆上了许多大肉大鸡的酒菜，在候我们吃晚饭了，菜蔬丰盛到了极点，但无鱼少海味，所以味也不甚适口。

第二天破晓起来，仍坐原轿绕灵岩的福善寺回永康，路上的风景，也很清异。

第一，灵岩也系同方岩一样的一枝突起的奇峰，峰的半空，有一穿心大洞，长约二三十丈，广可五六丈左右，所谓福善寺者，就系建筑在这大山洞里的。我们由东首上山进洞的后面，通过一条从洞里隔出来的长巷，出南面洞口而至寺内，居然也有天王殿，韦驮殿，观音堂等设置，山洞的大，也可想见了。南面四山环抱，红叶青枝，照耀得可爱之至；因为天晴了，所以空气澄鲜，一道下山去的曲折石级，自上面 望下去，更觉得幽深到不能见底。

下灵岩后，向西北的绕道回去，一路上尽是些低昂的山岭与旋绕的清溪，经过园内有两株数百年古柏的周氏祠庙，将至俗名耳朵岭的五木岭口的中间，一段溪光山影，景色真像是在画里；西南处州各地的远山，呼之欲来，回头四望，清入肺腑。

过五木岭，就是一大平原，北山隐隐，已经看得见横空的一线，十五里到永康，坐公共汽车回金华，还是午后三四点钟的光景。

[烂柯纪梦]

晋王质，伐木至石室中，见童子四人弹琴而歌，质因倚柯听之。童子以一物如枣核与质，质含之便不复饥。俄顷，童子曰："其归！"承声而去，斧柯摧然烂尽。既归，质去家已数十年，亲情凋落，无复向时比矣。

这传说，小时候就听到了，大约总是喜欢念佛的老祖母讲给我们孩子听的神仙故事。和这故事联合在一起的，还有一张习字的时候用的方格红字，叫作"王子去求仙，丹成入九天，山中方七日，世上已千年。"我的所以要把这些儿时的记忆，重新唤起的原因，不过想说一句这故事的普遍流传而已。是以樵子入山，看神仙对弈，斧柯烂尽的事情，各处深山里都可以插得进去，也真怪不得中国各地，有烂柯的遗迹至十余处之多了。但衢州的烂柯山，却是《道书》上所说的"青霞第八洞天"，亦名"景华洞天"的所在，是大家所公认的这烂柯故事的发源本土，也是从金华来衢州游历的人非到不可的地方，故而到衢州的翌日，我们就出发去游柯山（衢州人叫烂柯山都只称柯山）。

十月阳和，本来就是小春的天气，可是我们到烂柯山的那天，觉得比平时的十月，还更加和暖了几分。所以从衢州的小南门出来，打桑树柏树很多的田野里经过，一路上看山看水，走了十六七里路后，在仙寿亭前渡沙步溪，一直到了石桥寺即宝岩寺的脚下，向寺后山上一个通天的大洞看了一眼的时候，方才同从梦里醒转来的人一样，整了一整精神。烂柯山的这一根石梁，实在是伟大，实在是奇怪。

出衢州的南门的时候，眼面前只看得出一排隐隐的青山而已；南门外的桑麻野道，野道旁的池沼清溪，以及牛羊村集，草舍蔗田，风景虽则清丽，但也并不觉得特别的好。可是在仙寿亭前过渡的瞬间，一看那一条澄清澈底的同大江般的溪水，心里已经有点发痒似的想叫起来了，殊不知入山三里，在青葱环绕着的极深奥的区中，更来了这巨人撑足直立似的一个大洞；立在山下，远远望去，就可以从这巨人的胯下，看出后面的一湾碧绿碧绿的青天，云烟缥缈，山意悠闲，清通灵秀，只觉得是身到了别一个天地；一个在城市里住久的俗人，忽入此境，那能够叫他不目瞪口呆，暗暗里要想到成仙成佛的事情上去呢？

石桥寺，即宝岩寺，在烂柯山的南麓，虽说是梁时创建的

批注空间

古刹，但建筑却已经摧毁得不得了了。寺后上山，踏石级走里把路，就可以到那条石梁或石桥的洞下；洞高二十多丈，宽三十余丈，南北的深约三五丈，真像是悬空从山间凿出来的一条石桥，不过平常的桥梁，决没有这样高大的桥洞而已。石桥的上面，仍旧是层层的岩石，洞上一层，也有中空的一条石缝，爬上去俯身一看，是可以看得出天来的，所谓一线天者，就系指这一条小缝而言。再上去，是石桥的顶上，平坦可以建屋，从前有一个塔，造在这最高峰上，现在却只能看出一堆高高突起的瓦砾，塔是早已倾圮尽了。

石桥下南洞口，有一块圆形岩石蹲伏在那里，石的右旁的一个八角亭，就是所谓迟日亭。这亭的高度，总也有三五丈的样子，但你若跑上北面离柯山略远的小山顶上去望过来，只觉得是一堆小小的木堆，塞在洞的旁边。石桥洞底壁上，右手刻着明郡守杨子臣写的“烂柯仙洞”四个大字，左手刻着明郡守李遂写的“天生石梁”四个大字，此外还有许多小字的题名记载的石刻，都因为沙石岩容易风化的缘故，已经剥落得看不清楚了。石桥洞下，有十余块断碑残碣，纵横堆迭在那里。三块宋碑的断片，字迹飞舞雄伟，比黄山谷更加有劲。可惜中国人变乱太多，私心太重，这些旧迹名碑，都已经断残缺裂到了不可收拾的地步。《烂柯山志》编者，在金石部下有一段记事说：

> 名碑古物之毁于兵燹，宜也；但烂柯山之金石，不幸竟三次被毁于文人，岂非怪事？所谓文人的毁碑，有两次是因建寺而将这些石碑抬了去填过屋基，有一次系一不知姓名者来寺拓碑，拓后便私自将那些较古的碑石凿断敲裂，使后人不复有再见一次的机会。

烂柯山南麓，在上山去的石级旁边，还有许多翁仲石马，乱倒在荒榛漫草之中。翻《烂柯山志》一查，才知道明四川巡抚徐忠烈公，葬在此地，俗称徐天官墓者，就是此处。

在柯山寺的前前后后，赏玩了两三个钟头，更在寺里吃了一顿午饭，我们就又在暖日之下，和做梦似的回到了衢州，因为衢州城里还有几处地方，非去看一下不可。

一是在豆腐铺作场后面的那座天王塔。

二是城东北隅吴征虏将军郑公舍宅而建的那个古刹祥符寺。

三是孔子家庙，及庙内所藏的子贡手刻的楷木孔子及夫人亓官氏像。

这三处当然是以孔庙和楷木孔子像最为一般人所知道，数千年来的国宝，实在是不容易见到的稀世奇珍。

陪我们去孔庙的，是三衢医院的院长孔熊瑞先生，系孔子第七十三代的裔孙。楷木像藏在孔庙西首的一间楼上；像各高尺余，孔子是朝服执圭的一个坐像，亓官夫人的也是一样的一个，但手中无圭。两像颜色苍黑，刻划遒劲，决不是近代人的刀势。据孔先生告诉我们的话，则这两像素来就说是出于端木子贡之手刻，宋南渡时由衍圣公孔端友抱负来衢，供在家庙的思鲁阁上；即以来衢州后的年限来说，也已经有八九百年的历史了。孔子像的面貌，同一般的画像并不相同，两眼及鼻子很大，颧骨不十分高，须分三挂，下垂及拱起的手际，耳朵也比常人大一点儿。孔子的一个圭，一挂须，及一只耳朵，已经损坏了，现在的系后人补刻嵌入的，刀法和刻纹，与原刻的一比，显见得后人的笔势来得软弱。

孔庙正中殿上，尚有孔子塑像一尊，东西两庑，各有迁衢始祖衍圣公孔端友等的塑像数尊，西首思鲁阁下，还有石刻吴道子画的孔子像碑一块；一座家庙，形式格局，完全是圣庙的大成至圣先师之殿。我虽则还不曾到过曲阜，但在这衢州的孔庙内巡视了一下，闭上眼睛，那座圣地的殿堂，仿佛也可以想象得出来了。

衢州西安门外，新河沿下的浮桥边，原也有江干的花市在的，但比到兰溪的江山船，要逊色得多，所以不纪。

[仙霞纪险]

从衢州南下，一路上迎送着的有不断的青山，更超过几条水色蓝碧的江身，经一大平原，过双塔地，到一区四山围抱的江城，就是江山县了。

江山是以三片石的江郎山出名的地方，南越仙霞关，直通闽粤，西去玉山，便是江西；所谓七省通衢，江山实在是第一个紧要的边境。世乱年荒，这江山县人民的提心吊胆，打草惊蛇的状况，也可以想见的了；我们南来，也不过想见识见识仙霞关的险峻，至于采风访俗，玩水游山，在这一个年头，却是不许轻易去尝试的雅事，所以到江山的第二日一早，我们就急急地雇了一辆汽车，驰往仙霞关去。

在南门外的汽车站上车，三里就到俗名东岳山，有一块老虎岩，并一座明嘉靖年间建置的塔在的景星山下；南行二十里，远远望得见冲天的三块巨岩江郎山，或合或离，在东面的群山中跳跃；再去是淤头，是峡口，是仙霞岭的区域了，去江山虽有八九十里路程，但汽车走走，也只走了两三个钟头的样子。

仙霞岭的面貌，实在是雄奇伟大得很！老远看来，就是那么高那么大的这排百里来长的仙霞山脉，近来一看，更觉得是不见天日了。东西南的三面，湾里有湾，山上有山；奇峰怪石，老树长藤，不计其数；而最曲折不尽，令人方向都分辨不出来的，是新从关外二十八都筑起，沿龙溪、化龙溪两支深山中的大水而行的那条通江山的汽车公路。

五步一转弯，三步一上岭，一面是流泉涡漩的深坑万丈，一面又是鸟飞不到的绝壁千寻。转一个弯，变一番景色，上一条岭，辟一个天地，上上下下，去去回回，我们在仙霞山中，龙溪岸上，自北去南，因为要绕过仙霞关去，汽车足足走了有一个多钟头的山路。山的高，水的深，与夫弯的多，路的险，不折不扣的说将出来，比杭州的九溪十八涧，起码总要超过三百多倍。要看山水的曲折，要试车路的崎岖，要将性命和运命去拼拼，想尝一尝生死关头，千钧一发的冒险异味的人，仙霞岭不可不到，尤其是从仙霞关北麓绕路出关，上关南二十八都去的这一条新辟的汽车公路，不可不去一走。车到关南，行经小竿岭的那个隘口，近瞰二十八都谷底里的人家，远望浦城枫岭诸峰的青影的时候，我真感到了一种一则以喜一则以惧的

批注空间

说不出的心理；喜的是关后许多险隘，已经被我走过了，惧的是直望山脚的目的地二十八都，虽然是只离开了一程抛石的空间，但山坡陡削，直冲下去，总也还有二三千尺的高度。这时候回头来看看仙霞关，一条石级铺得像蛇腹似的曩时的鸟道，却早已高高隐没在云雾与树木的中间了。

从小竿岭的隘口下来，盘旋回绕，再走了三四十分钟，到仙霞关外第一口的二十八都去一看，忽然间大家的身上又起了一层鸡皮的细粒。

太阳分明是高照在那里，天色当然是苍苍的，高大的人家的住屋，也一层一层的排列着在，但是人哩，活的生动着的人哩，人都到那里去了呢？

许许多多的很整齐的人家，窗户都是掩着的，门却是半开半闭，或者竟全无地空空洞洞同死鲈鱼的口嘴似的张开在那里。踏进去一看，地下只散乱铺着有许多稻草。脚步声在空屋里反射出来的那一种响声，自己听了也要害怕。忽而索落落屋角的黑暗处稻草一动，偶而也会立起一个人来，但只光着眼睛，向你上下一打量，他就悄悄的避开了。你若追上去问他一句话呢，他只很勉强地站立下来，对你又是光着眼睛的一番打量，摇摇头，露一脸阴风惨惨的苦笑，就又走了，回话是一句也不说的。

我们照这样的搜寻空屋，搜寻了好几处，才找到了一所基干队驻扎在那里的处所。守卫的兵士，对我们起初当然也是很含有疑惧的一番打量，听了我们的许多说明之后，他才开口说："昨晚上又有谣言。居民是自从去年九月以来，早就搬走了。在这里要吃一顿饭，是很不容易，因为豆腐青菜都没有人做，但今天早晨，队长是已经接到了江山胡站长的信，饭大约总在预备了罢？"说了，就请我们上大厅去息息。我们看到了这一种情形，听到了那一番话，食欲早就被恐怖打倒了，所以道了一声队长万福，跳上车子，转身就走。

重回到小竿岭的那个隘口的时候，几刻钟前曾经盘问我们过，幸亏有了陈万里先生的那个徽章证明，才安然放我们过去的。那位捧大刀的守卫兵，却笑着对我们说："你们就回去了么？"回来一过此口，已经入了安全地带，我们的胆子也大起

批注空间

来了，就在龙溪边上，一处叫作大坞的溪桥旁边下了车，打算爬上山去，亲眼去看一看那座也可以说是一夫当关，万夫莫开，宋史浩方把石路铺起来的仙霞关口。一面，叫空车子仍遵原路，绕到仙霞关北相去五里的保安村去等候我们，好让我们由关南上岭，关北下山，一路上看看风景。

据书上的记载，则仙霞岭高三百六十级，凡二十四曲，有五关，× 十峰等等，我们因为是从半腰里上去的，所以所走的只是关门所在的那一段。

仙霞关，前前后后，有四个关门。第二关的边上，将近顶边的地方，有一座新筑的碉楼在那里。据陪我们去游的胡站长说，江山近旁，共有碉楼四十余处，是新近才筑起来的，但汽车路一开，这些碉楼，这座雄关，将来怕都要变成些虚有其名的古迹了。

仙霞关内岭顶，有一座霞岭亭，亭旁住着一家人家，从前大约是守关官吏的住所，现在却只剩了一位老人，在那里卖茶给过路的行人。

北面出关，下岭里许，是一个关帝庙。规模很大，有观音阁、浣霞池亭等建筑，大约从前的闽浙官吏来往，总是在这庙内寄宿的无疑。现在东面浣霞池的亭上，还有许多周亮工的过关诗，以及清初诸名宦的唱和诗碣，嵌在石壁的中间。

在关帝庙里喝了一碗茶，买了些有名的仙霞关的绿茶茶叶，晚霞已经围住了山腰，我们的手上脸上都感觉得有点潮润起来了，大家就不约而同的叫了出来说：

“啊！原来这里就是仙霞！不到此地，可真不晓得这关名之妙喂！”

下岭过溪，走到溪旁的保安村里，坐上车子，再探头出来看了一眼曾经我们走过的山岭，这座东南的雄镇，却早已羞羞怯怯，躲入到一片白茫茫的仙霞怀里去了。

[冰川纪秀]

冰川是玉山东南门外环城的一条大溪，我们上玉山到这溪边的时候，因为杭江铁路车尚未通，是由江山坐汽车绕广丰，直驱了二三百里的长路，好容易才走到的。到了冰溪的南岸来一看，在衢州见了颜色两样的城墙时所感到的那种异样的，紧张的空气，更是迫切了；走下汽车，对手执大刀，在浮桥边检查行人的兵士们偷抛了几眼斜视，我们就只好决定不进城去，但在冰川旁边走走，马上再坐原车回去江山。

玉山城外是由这一条天生的城河冰溪环抱在那里的，东南半角却有着好几处雁齿似的浮桥。浮桥的脚上，手捧着明晃晃的大刀，肩负着黄苍苍的马枪，在那里检查入城证、良民证的兵士，看起来相貌都觉得是很可怕。

从冰川第一楼下绕过，沿堤走向东南，一块大空地，一个大森林，就是郭家洲了。武安山障在南边，普宁寺，鹤岭寺接在东首。单就这一角的风景来说，有山有水，还有水车，磨房，渔梁，石　，水闸，长堤，凡中国画或水彩画里所用得着的各种点景的品物，都已经齐备了；在这样小的一个背景里，能具备着这么些个秀丽的点缀品的地方，我觉得行尽了江浙的两地，也是很不多见的。而尤其是出乎我们的意料之外的，是郭家洲这一个三角洲上的那些树林的疏散的逸韵。

郭家洲，从前大约也是冰溪的流水所经过的地方，但时移势易，沧海现在竟变作了桑田了；那一排疏疏落落的杂树林，同外国古宫旧堡的画上所有的那样的那排大树，少算算，大约总也已经有了百数岁的年纪。

这一次在漫游浙东的途中，看见的山也真不少了，但每次总觉得有点美中不足的，是树木的稀少；不意一跨入了这江西的境界，就近在县城的旁边，居然竟能够看到了这一个自然形成的像公园似的大杂树林！

城里既然进不去，爬山又恐怕没有时间，并且离县城向西向北十来里地的境界，去走就有点儿危险，万不得已，自然只好横过郭家洲，上鹤岭寺山上的那一个北面的空亭，去遥望玉山的城市了。

玉山城里的人家，实在整洁得很。沿城河的一排住宅，窗明几净，倒影溪中，远看好像是威尼斯市里的通衢。太阳斜了，城里头起了炊烟，水上的微波，也渐渐地渐渐地带上了红影。西北的高山一带，有一个尖峰突起，活像是倒插的笔尖，大约是怀玉山了罢？

这一回沿杭江铁路西南直下，千里的游程，到玉山城外终止了。“冰为溪水玉为山！”坐上了向原路回来的汽车，我念着戴叔伦的这一句现成的诗句，觉得这一次旅行的煞尾，倒很有点儿像德国浪漫派诗人的小说。

一九三三年十二月稿

（原载《浙东景物记》，“杭江铁路导游丛书之一”，一九三三年十二月杭江铁路局初版。其中，《方岩纪静》最初载一九三三年十二月四至五日《申报·自由谈》；《仙霞纪险》最初载一九三三年十二月十三至十四日《申报·自由谈》；《冰川纪秀》后载一九三四年一月《良友图画杂志》第八十四期）

简析

这是一篇写景记游散文，作者按照游程中的所见、所闻、所感，一路走来，一路写来，方岩纪静、烂柯纪梦、仙霞纪险、冰川纪秀，脉络清晰可见，写尽了浙东一带奇山异水的千姿百态。其间作者引经据典，大大增强了作品的文化蕴涵。客观写景与主观感情的适度结合，使文章富有神韵。

雁荡山的秋月

古人并称上天台雁荡；而宋范成大序《桂海岩洞志》，亦以为天下同称的奇秀山峰，莫如池之九华，歙之黄山，括之仙都，温之雁荡，夔之巫峡。大约范成大，没有到过关中，故终南华山，不曾提及。我们南游三日，将天台东北部的高山飞瀑（西部寒岩明岩未去），略一飞游——并非坐了飞机去游，是开特快车游山之意——之后，急欲去雁荡，一赏鬼工镌雕的怪石奇岩，与夫龙湫大瀑，十月二十七日在天台国清寺门前上车，早晨还只有七点。

自天台去雁荡山所在的乐清县北，要经过临海，黄岩，温岭等县。到临海（旧章安城）的东南角巾山山下，还要渡过灵江，汽车方能南驶，现在公路局筑桥未竣，过渡要候午潮；所以我们到了临海之后，倒得了两三个钟头的空，去东湖拜了忠逸樵夫之祠，上巾山的双塔下，看了华胥洞，黄华丹井——巾山之得名，盖因黄华升仙，落帻于此——等古迹，到十二点钟左右，才乘潮渡过江去。临海的山容水貌，也很秀丽，不过还不及富春江的高山大水，可以令人悠然忘去了人世。自临海到黄岩，要经过括苍山脉东头的一条大岭，岭头有一个仙人桥站；自后徐经仙人桥至大道地的三站中间，汽车尽在山上曲折旋绕，路线有点像昱岭关外与仙霞岭南的样子；据开车的司机说这一条岭共有八十四弯，形势的险峻，也可想而知。

黄岩县城北，也有一条永江要渡，桥也尚未筑成；不过此处水深，不必候潮，所以车子一到，就渡了过去。县城的东北，

批注空间

江水的那边，三江口上，更有一枝亭山在俯瞰县城；半山中有一簇树，一个白墙头的庙，在阳光里吐气，想来总又是黄岩县的名胜了，遥望而过。黄岩一县内，多桔子树园；树并不高，而金黄的桔实，都结得累累欲坠，在返射斜阳；车驰过处，风味倒也异样，很像我年青的时候，在日本纪州各处旅行时的光景。

自黄岩经温岭到乐清县的离大荆城南五里路的地方，村名叫作水积（或名积水，不知是那二个字？），前临大海，海中有岛，后峙双旗冈峰，峰中也有叠嶂一排，在暗示着雁荡的奇峰怪石。游人到此，已经有点心痒难熬的样子了，因为隔一条溪，隔一重山，在夕阳下，早就看得出谢公岭外老僧送客之类的奇形怪状的石岩阴影；北来自大溪镇到此，约有三十余里的行程。

在雁荡第一重口外，再渡过那条自石门潭流下来的清溪，西驰七八里，过白溪，到响岭头，就是雁荡东外谷的口子，汽车路筑到此地为止，雁荡到了。

在口外下车，远望进去，只看见了几个　岏的石峰尖。太阳已经快下山了，我们是由东向西而入谷的，所以初走进去的时候，一眼并不看见什么。但走了半里多上灵岩寺去的石砌路后，渡过石桥，忽而一变，千千万万的奇异石壁，都同天上刚掉下去似的，直立在我们的四周；一条很大很大的溪水，穿在这些绝壁的中间，在向东缓流出来。壁来得太高太陡，天只剩下了狭狭的一条缝，日已下山，光线不似日间的充足。石壁的颜色，又都灰黑，壁缝里的树木，也生得屈曲有一种怪相；我们从东外谷走入内谷的七八里地路上，举头向前后左右望望，几乎被胁得连口都不敢开了。山谷的奇突，大与寻常习见的样子不同，教人不得不想起诗圣但丁的《神曲》，疑心我们已经跟了那位罗马诗人，入了别一个境界。

在龙王庙前折向了北去，头脑里对于一路上所见的峰嶂的名目，如猴披衣，蓼花嶂，响嵩门，霞嶂洞，听诗叟，双鲤峰之类，还没有整理得清楚，景色一变，眼前又呈出了一幅更清幽，更奇怪，更伟大的画本。原来这东内谷里的向北去灵岩寺谷里的一区，是雁荡的中心，也是雁荡山杰作里的顶点。初入是一条清溪，许多树木与竹林。再进，劈面就是一排很高很长，像罗马古迹似的展旗嶂，崛起在天边，直挂向地下，后方再高处又是一排屏霞嶂，这屏霞嶂前，左右环抱，尽是一枝一枝的千万丈高的大石柱，高可以不必说，面积之大周围也不知有多少里；而最奇的，是这些大柱的头和脚，大小是一样的，所以都是绝壁，都是圆柱。小龙湫瀑布，也就在灵岩寺西北的一大石峰上，从顶点直泻下来的奇景。灵岩寺，看过着很小很小，隐藏在这屏霞嶂脚，顶珠峰，展旗峰，石屏风（全在寺东）与天柱峰，双鸾峰，卷图峰，独秀峰，卓笔峰（全在寺西）等的中间；地位的好，峰岩的多而且奇，只有永康方岩的五峰书院，可以与它比比；但方岩只是伟大了一点，紧凑却还不及这里。

灵岩寺的开辟，在宋太平兴国四年，僧行亮神昭为其始祖，后屡废屡兴；现在的寺，却是数年前，由护法者蒋叔南潘耀庭诸君所募建。蒋君今年夏季去世，潘君现任雁荡山风景区整理委员，住在寺中；当家僧名成圆，亦由蒋潘诸君自宁波去迎来者，人很能干，具有实际办事的手腕。

在灵岩寺的西楼住下之后，天已经黑了。先去请教也住在寺中，率领黄岩中学学生来雁荡旅行的两位先生，问我们在雁荡，将如何的游法？因为他们已经在灵岩寺住了三日，打算于明晨出发回黄岩去了。饭后又去请了潘委员来，打听了一番雁荡山大概的情形。

雁荡山的总括，可以约略的先在此地说一说：第一，山在乐清县东北九十里，系亘立东西的一排连山，东起石门潭，西迄白岩六十里；北自甸岭，南至斤竹涧口四十里；自东向西，历来分成东外谷，东内谷，西内谷，西外谷的四部，以马鞍岭为界而分东西。全山周围，合外境有四百二十里。雁山北部，更有南阁谷，北阁谷二区，以溪分界；南阁南至石柱北至北屏山二里，东至马屿，西至会仙峰十六里；北阁村南北二里，东西五里，西北极甸岭山，为雁荡北址。

雁山开山者相传为晋诺讵那尊者，凡百有二峰，六十一岩，四十六洞，十八刹，十六亭，十七潭，十三瀑。入游之路线，有四条。（一）东路从白溪经响岭头自东南入谷，就是我们所经之路线。（二）北路由大荆越谢公岭自东北入谷至岭峰。（三）

批注空间

批注空间

南路由小芙蓉经四十九盘岭自南入谷至能仁寺，从乐清来者率由此。（四）西路从大芙蓉自西南经本觉寺至梅雨潭。

峰之最高者为百冈尖，高一万一千五百公尺，雁湖在西外谷连霄岭上，高九千公尺。

这雁荡山的梗概，是根据潘委员的口述，和《广雁荡山志》及《雁山全图》而摘录下来的；我们因为走马游山，前后只有三日工夫好费，还要包括出发和到着的日期在内，所以许多风景，都只能割爱；晚上就和潘委员在灯下拟定明日只看西石梁的大瀑布，大龙湫瀑，梅雨潭，回至能仁寺午餐。略游斤竹涧就回灵岩寺宿；出发之日（即第三日），午前一游净名寺，至灵峰略看看观音洞北斗洞等，就出向头岭由原路出发回去。北部的绝景，中央的百冈尖当然是不能够去，就如显胜门，龙溜等处，一则因无时间，二则因无大路无宿处，也只能等下次再来了。这样拟定了游程之后，预期着明天的一天劳顿，我们就老早的爬上了床去。

约莫是午前的三四点钟，正梦见了许多岩壁，在四面移走拢来，几乎要把我的渺渺五尺之躯，压成粉碎的时候，忽而耳边一阵喇叭声，一阵嘈杂声起来了。先以为是山寺里起了火，急起披衣，踏上了西楼后面的露台去一看；既不见火，又不见人，周围上下，只是同海水似的月光，月光下又只是同神话中的巨人似的石壁，天色苍苍，只余一线，四围岑寂，远远地也听得见些断续的人声。奇异，神秘，幽寂，诡怪，当时的那一种感觉，我真不知道要用些什么字来才形容得出！起初我以为还在连续着做梦，这些月光，这些山影，仍旧是梦里的畸形；但摸摸石栏，看看那枝谁也要被它威胁压倒的天柱石峰与峰头的一片残月，觉得又太明晰，太正确，绝不像似梦里的神情。呆立了一会，对这雁荡山中的秋月顶礼了十来分钟，又是一阵喇叭声，一阵整队出发报名数的号令声传过来了，到此我才明白，原来我并不是在做梦，是那一批黄岩中学的学生要出发赶上大溪去坐轮船去了！这一批学生的叫唤，这一批青年的大胆行为，既救了我梦里的危急，又指示给我了这一幅清极奇极的雁山夜月的好画图，我的心里，竟莫名其妙的感激起来了，跑下楼去，就对他们的两位临走的教师热烈地热烈地握了一回手；送他们出了寺门以后，我并且还在月光下立着，目送他们一个个小影子渐渐地被月光岩壁吞没了下去。

雁荡山中的秋月！天柱峰头的月亮！我想就是今天明天，一处也不游，便尔回去，也尽可以交代得过去，说一声“不虚此行”了，另外还更希望什么呢？所以等那些学生们走后，我竟像疯子一样一个人在后面楼外的露台上呆对着月光峰影，坐到了天明，坐到了日出，这一天正是旧历九月二十的晚上廿一的清晨。

等同去的文伯，及偶然在路上遇着成一伙的奥伦斯登，科伯尔厂经理毕士敦 Mr. H.H. Bernstein 与戴君起来，一齐上轿，到大龙湫的时候，太阳已经升得很高，似在巳午之间了。一路上经下灵岩村，三官殿，上灵岩村，过马鞍岭。在左右手看了些五指峰，纱帽峰，老鼠峰，猫峰，观音峰，莲台嶂，祥云峰，小剪刀峰之类，形状都很像，峰头都很奇；但因为太多了，到后来几乎想向在说明的轿夫讨饶，请他不要再说，怕看得太多，眼睛里脑里要起消化不良之症。

大龙湫的瀑布，在江南瀑布当中真可以称霸，因为石壁的高，瀑身的大，潭影的清而且深，实在是江浙皖几省的瀑布中所少有的。我们到雁荡之先，已经是旱得很久了。故而一条瀑布，直喷下来，在上面就成了点点的珠玉。一幅真珠帘，自上至地，有三四千丈高，百余尺阔；岩头系突出的，帘后可以通人，立在与日光斜射之处，无论何时，都看得出一条虹影。凉风的飒爽，潭水的清澄，和四围山岭的重叠，是当然的事情了，在大龙湫瀑布近旁，这些点景的余文，都似乎丧失了它们的价值，瀑布近旁的摩崖石刻，很多很多，然而无一语，能写得出这大龙湫的真景。《广雁荡山志》上，虽则也载了不少的诗词歌赋，来咏叹此景，但是身到了此间，哪里还看得起这些秀才的文章呢？至于画画，我想也一定不能把它的全神传写出来的，因为画纸决没有这么长，而溅珠也决没有这样的匀而且细。

出大龙湫，经瑞鹿峰剪刀峰（侧看是一帆峰）下，沿大锦溪过华严岭罗汉寺前，能在石壁的半空中看得出一座石刻的罗汉像。斧凿的工巧有艺术味，就是由我这不懂雕刻的野人看来，也觉得佩服之至。从此经竹林，过一条很高很长的东岭，遥望着芙蓉峰，观音岩等（雁湖的一峰是在东岭岭上可以看见的）。绕骆驼洞下面至西石梁的大瀑布。

西石梁是一块因风化而中空下坠的大石梁，下有一个老尼在住的庵，西面就是大瀑布。这瀑布的高大，与大龙湫瀑布等，但不同之处，是在它的自成一景，在石壁中流。一块数千丈的石壁，经过了几千万年的冲击，中间成了一个圆形大柱式的空洞，两面围抱突出，中间是一数丈宽数千丈高的圆洞，瀑布就从上面沿壁在这空圆洞里直泻下来。下面的潭，四壁的石，和草树清溪，都同大龙湫差仿不多。但西面连山，雁荡山的西尽头，差不多就快到了，而这瀑布之上，山顶平处，却又是一大村落；山上复有山，世外是桃源的情景，正和天台山的桐柏乡，曲异而工同。

从西石梁瀑布顺原路回来，路上又去看了梅雨潭及潭前的一座含珠峰，仍过东岭，到了自芙蓉南来经四十九盘岭可到的能仁寺里。

这能仁寺在西内谷丹芳岭下，系宋咸平二年僧全了所建。本来是雁荡山中的最大的丛林，有一宋时的大铁锅在可以作证，现在却萧条之至，大殿禅房，还都在准备建造中。寺前有燕尾瀑，顺溪南流，成斤竹涧，绕四十九盘岭，可至小芙蓉；这一路路上风景的清幽绝俗，当为雁山全景之冠，可惜我们没有时间，只领略了一个人概，就赶回了灵岩寺来宿。

这一天的傍晚，本拟上寺右的天窗洞，寺左的龙鼻水去拜观灵岩寺的二奇的，但因白天跑了一天，太辛苦了，大家不想再动。我并且还忘不了今晨似的山中的残月，提议明朝也于三时起床，踏月东下，先去看了灵峰近旁的洞石，然后去响头岭就行出发，所以老早就吃了夜饭，老早就上了床。

然而胜地不常，盛筵难再，第二日早晨，虽则大家也忍着寒，抛着睡，于午前三点起了身，可是淡云蔽月，光线不明；我们真如在梦里似的走了七八里路，月亮才兹露面。而玩月光玩得不久，走到灵峰谷外朝阳洞下的时候，太阳却早已出了海，将月光的世界散文化了。

不过在残月下，晨曦里的灵峰山景，也着实可观，着实不错；比起灵岩的紧凑来，只稍稍觉得疏散一点而已。

灵峰寺是在东谷口内向北两三里地的地方，东越谢公岭可达大荆。近旁有五老峰，斗鸡峰，幞头峰，灵芝峰，犀角峰，果盒岩，船岩，观音洞，北斗洞，苦竹洞，将军洞，长春洞，响板洞诸名胜，顺鸣玉溪北上，三里可达真际寺。寺为宋天圣元年僧文吉所建，本在灵峰峰下，不知几百年前，这峰因风化倒了，寺屋尽毁。现在在这到灵峰下的一块隙地上，方在构木新筑灵峰寺。我们先在果盒岩的溪亭上坐了一会，就攀援上去，到观音洞去吃早餐。

两岩侧向，中成一洞，洞高二三百丈；最上一层，人迹所不能到，但洞中生有大树一株，系数百年物，枝叶茂盛，从远处望来，了了可见。下一层是观音洞的选物场，洞中宽广，建有大殿，并五百应真的石刻。东面一水下滴成池，叫作洗心泉，旁有明刻宋刻的题名记事碑无数。自此处一层一层的下去，有四五层楼三四百石级的高度；洞的高广，在雁荡山当中，以此为最。最奇怪的，是在第三层右手壁上的一个石佛，人立右手洞底，向东南洞口远望出去，俨然是一座地藏菩萨的侧面形，但跑近前去一看，则什么也没有了，只一块突出的方石。上一层的石手壁上还有一个一指物，形状也极像，不过小得很。

看了灵岩灵峰近边的峰势，看了观音洞（亦名合掌洞）里的建筑及大龙湫等，我们以为雁荡的山峰岩洞溪瀑等，也已经大略可以想象得出了，所以旁的地方，也不想再去走，只到北斗洞去打了一个电话，叫汽车的司机早点预备，等我们一出谷口，就好出发。

总之，雁荡本是海底的奇岩，出海年月，比黄山要新，所以峰岩峻削，还有一点锐气，如山东劳山的诸峰。今年春间，欲去黄山而未果，但看到了黄山前卫的齐云白岳，觉得神气也有点和灵峰一带的山岩相像。在迎着太阳走出谷来，上汽车去的路上，我和文伯，更在坚订后约，打算于明年以两个月的工夫，去歙县游遍黄山，北下太平，上青阳南面的九华。然后出长江，息匡庐，溯江而上，经巫峡，下峨嵋，再东下沿汉水而西入关中，登太华以笑韩愈，入终南而学长生，此行若果，那么我们的志愿也毕，可以永永老死在蓬窗陋巷之中了。

一九三四年十一月九日

（原载一九三四年十二月十五日《良友图画杂志》第一〇〇期）

简 析

作者徜徉于奇山异水之间，流连于山清水秀之中，贪婪地转动着澄清的双眼去摄取、去欣赏，充分调动敏感而细腻的心去捕捉体味。同时，作者把不同地区类似的景致加以比较，大大拓展了游记的时空结构，并且把胸中广博的历史知识、地理知识、文学诗词等容纳其中，使这篇游记更具有了丰富的内涵和开阔感。

扬州旧梦寄语堂

语堂兄：

乱掷黄金买阿娇，穷来吴市再吹箫，
箫声远渡江淮去，吹到扬州廿四桥。

这是我在六七年前——记得是一九二八年的秋后，写那篇《感伤的行旅》时瞎唱出来的歪诗；那时候的计划，本想从上海出发，先在苏州下车，然后去无锡，游太湖，过常州，达镇江，渡瓜步，再上扬州去的。但一则因为苏州在戒严，再则因在太湖边上受了一点虚惊，故而中途变计，当离无锡的那一天晚上，就直到了扬州城里。旅途不带诗韵，所以这一首打油诗的韵脚，是姜白石的那一首“小红唱曲我吹箫”的老调，系凭着了车窗，看看斜阳衰草，残柳芦苇，哼出来的莫名其妙的山歌。

我去扬州，这时候还是第一次；梦想着扬州的两字，在声调上，在历史的意义上，真是如何地艳丽，如何地够使人魂销而魄荡！

竹西歌吹，应是玉树后庭花的遗音；萤苑迷楼，当更是临春结绮等沉檀香阁的进一步的建筑。此外的锦帆十里，殿脚三千，后土祠琼花万朵，玉钩斜青冢双行，计算起来，扬州的古迹，名区，以及山水佳丽的地方，总要有三年零六个月才逛得遍。唐宋文人的倾倒于扬州，想来一定是有一种特别见解的；

批注空间

小杜的“青山隐隐水迢迢”，与“十年一觉扬州梦”，还不过是略带感伤的诗句而已，至如“君王忍把平陈业，只换雷塘数亩田”，“人生只合扬州死，禅智山光好墓田”，那简直是说扬州可以使你的国亡，可以使你的身死，而也决无后悔的样子了，这还了得！

在我梦想中的扬州，实在太有诗意，太富于六朝的金粉气了，所以那一次从无锡上车之后，就是到了我所最爱的北固山下，亦没有心思停留半刻，便匆匆的渡过了江去。

长江北岸，是有一条公共汽车路筑在那里的；一落渡船，就可以向北直驶，直达到扬州南门的福运门边。再过一条城河，便进扬州城了，就是一千四五百年以来，为我们历代的诗人骚客所赞叹不置的扬州城，也就是你家黛玉的爸爸，在此撇下了孤儿升天成佛去的扬州城！

但我在到扬州的一路上，所见的风景，都平坦萧杀，没有一点令人可以留恋的地方，因而想起了晁无咎的《赴广陵道中》的诗句：

醉卧符离太守亭，别都弦管记曾称，
淮山杨柳春千里，尚有多情忆小胜。
(小胜，劝酒女鬟也。)
急鼓冬冬下泗州，却瞻金塔在中流，
帆开朝日初生处，船转春山欲尽头。
杨柳青青欲哺乌，一春风雨暗隋渠，
落帆未觉扬州远，已喜淮阴见白鱼。

才晓得他自安徽北部下泗州，经符离（现在的宿县）由水道而去的，所以得见到许多景致，至少至少，也可以看到两岸的垂杨和江中的浮屠鱼类。而我去的一路呢，却只见了些道路树的洋槐，和秋收已过的沙田万顷，别的风趣，简直没有。连绿杨城廓是扬州的本地风光，就是自隋朝以来的堤柳，也看见得很少。

到了福运门外，一见了那一座新修的城楼，以及写在那洋灰壁上的三个福运门的红字，更觉得兴趣索然了；在这一种城门之内的亭台园囿，或楚馆秦楼，那里会有诗意呢？

进了城去，果然只见到了些狭窄的街道，和低矮的市廛，在一家新开的绿杨大旅社里住定之后，我的扬州好梦，已经醒了一半了。入睡之前，我原也去逛了一下街市，但是灯烛辉煌，歌喉宛转的太平景象，竟一点儿也没有。“扬州的好处，或者是在风景，明天去逛瘦西湖，平山堂，大约总特别的会使我满足，今天且好好儿的睡它一晚，先养养我的脚力罢！”这是我自己替自己解闷的想头，一半也是真心诚意，想驱逐驱逐宿娼的邪念的一道符咒。

第二天一早起来，先坐了黄包车出天宁门去游平山堂。天宁门外的天宁寺，天宁寺后的重宁寺，建筑的确伟大，庙貌也十分的壮丽；可是不知为了什么，寺里不见一个和尚，极好的黄松材料，都断的断，拆的拆了，像许久不经修理的样子。时间正是暮秋，那一天的天气又是阴天，我身到了这大伽蓝里，四面不见人影，仰头向御碑佛像以及屋顶一看，满身出了一身冷汗，毛发都倒竖起来了，这一种阴戚戚的冷气，教我用什么文字来形容呢？

回想起二百年前，高宗南幸，自天宁门至蜀冈，七八里路，尽用白石铺成，上面雕栏曲槛，有一道像颐和园昆明湖上似的长廊甬道，直达至平山堂下，黄旗紫盖，翠辇金轮，妃嫔成队，侍从如云的盛况，和现在的这一条黄沙曲路，只见衰草牛羊的萧条野景来一比，实在是差得太远了。当然颓井废垣，也有一种令人发思古之幽情的美感，所以鲍明远会作出那篇《芜城赋》来；但我去的时候的扬州北郭，实在太荒凉了，荒凉得连感慨都教人抒发不出。

到了平山堂东面的功得山观音寺里，吃了一碗清茶，和寺僧谈起这些景象，才晓得这几年来，兵去则匪至，匪去则兵来，住的都是城外的寺院。寺的坍败，原是应该，和尚的逃散，也是不得已的。就是蜀冈的一带，三峰十余个名刹，现在有人住的，只剩了这一个观音寺了，连正中峰有平山堂在的法净寺里，

批注空间

此刻也没有了住持的人。

平山堂一带的建筑，点缀，园囿，都还留着有一个旧日的轮廓；像平远楼的三层高阁，依然还在，可是门窗却没有了；西园的池水以及第五泉的泉路，都还看得出来，但水却干涸了，从前的树木，花草，假山，迭石，并其他的精舍亭园，现在只剩了许多痕迹，有的简直连遗址都无寻处。

我在平山堂上，瞻仰了一番欧阳公的石刻像后，只能屁也不放一个，悄悄的又回到了城里。午后想坐船了，去逛的是瘦西湖小金山五亭桥的一角。

在这一角清淡的小天地里，我却看到了扬州的好处。因为地近城区，所以荒废也并不十分厉害；小金山这面的临水之处，并且还有一位军阀的别墅（徐园）建筑在那里，结构尚新，大约总还是近年来的新筑。从这一块地方，看向五亭桥法海塔去的一面风景，真是典丽裔皇，完全像北平中南海的气象。至于近旁的寺院之类，却又因为年久失修，谈不上了。

瘦西湖的好处，全在水树的交映，与游程的曲折；秋柳影下，有红蓼青萍，散浮在水面，扁舟擦过，还听得见水草的呜声，似在暗泣。而几个弯儿一绕，水面阔了，猛然间闯入眼来的，就是那一座有五个整齐金碧的亭子排立着的白石平桥，比金鳌玉蝀，虽则短些，可是东方建筑的古典趣味，却完全荟萃在这一座桥，这五个亭上。

还有船娘的姿势，也很优美；用以撑船的，是一根竹竿，使劲一撑，竹竿一弯，同时身体靠上去着力，臀部腰部的曲线，和竹竿的线条，配合得异常匀称，异常复杂。若当暮雨潇潇的春日，雇一个容颜姣好的船娘，携酒与茶，来瘦西湖上回游半日，倒也是一种赏心的乐事。

船回到了天宁门外的码头，我对那位船娘，却也有点儿依依难舍的神情，所以就出了一个题目，要她在岸上再陪我一程。我问她：“这近边还有好玩的地方没有？”她说：“还有天宁寺、平山堂。”我说：“都已经去过了。”她说：“还有史公祠。”于是就由她带路，抄过了天宁门，向东的走到了梅花岭下。瓦屋数间，荒坟一座，有的人还说坟里面葬着的只是史阁部的衣冠，看也原没有什么好看；但是一部《廿四史》掉尾的这一位大忠臣的战绩，是读过《明史》的人，无不为之泪下的；况且经过《桃花扇》作者的一描，更觉得史公的忠肝义胆，活跃在纸上了；我在祠墓的中间立着想着；穿来穿去的走着；竟耽搁了那一位船娘不少的时间。本来是阴沉短促的晚秋天，到此竟垂垂欲暮了，更向东踏上了梅花岭的斜坡，我的唱山歌的老病又发作了，就顺口唱出了这么的二十八字：

三百年来土一丘，史公遗爱满扬州；
二分明月千行泪，并作梅花岭下秋。

写到这里，本来是可以搁笔了，以一首诗起，更以一首诗终，岂不很合鸳鸯蝴蝶的体裁么？但我还想加上一个总结，以醒醒你的骑鹤上扬州的迷梦。

总之，自大业初开邗沟入江渠以来，这扬州一郡，就成了中国南北交通的要道；自唐历宋，直到清朝，商业集中于此，冠盖也云屯在这里。既有了有产及有势的阶级，则依附这阶级而生存的奴隶阶级，自然也不得不产生。贫民的儿女，就被他们强迫作婢妾，于是乎就有了杜牧之的青楼薄幸之名，所谓“春风十里扬州路”者，盖指此。有了有钱的老爷，和美貌的名娼，则饮食起居（园亭），衣饰犬马，名歌艳曲，才士雅人（帮闲食客），自然不得不随之而俱兴，所以要腰缠十万贯，才能逛扬州者，以此。但是铁路开后，扬州就一落千丈，萧条到了极点。从前的运使，河督之类，现在也已经驻上了别处；殷实商户，巨富乡绅，自然也分迁到了上海或天津等洋大人的保护之区，故而目下的扬州只剩了一个历史上的剥制的虚壳，内容便什么也没有了。

扬州之美，美在各种的名字，如绿杨村，廿四桥，杏花村舍，邗上农桑，尺五楼，一粟庵等；可是你若辛辛苦苦，寻到了这些最风雅也没有的名称的地方，也许只有一条断石，或半间泥房，或者简直连一条断石，半间泥房都没有的。张陶庵有一册书，叫作《西湖梦寻》，是说往日的西湖如何可爱，现在却不对了；可是你若到扬州去寻梦，那恐怕要比现在的西湖还更不如。

你既不敢游杭，我劝你也不必游扬，还是在上海梦里想象想象欧阳公的平山堂，王阮亭的红桥，《桃花扇》里的史阁部，《红楼梦》里的林如海，以及盐商的别墅，乡宦的妖姬，倒来得好些。枕上的卢生，若长不醒，岂非快事。一遇现实，那里还有 Dichtung 呢！

一九三五年五月

（原载一九三五年五月二十日《人间世》半月刊第二十八期）

简 析

竹西歌吹、萤苑迷楼、雕栏曲槛、楚馆秦楼、诗人骚客的足迹与吟诵……“春风十里扬州路”，作者怀着对旧时扬州美好的向往之情，踏足扬州城各名胜古迹，然而，随着时间的流逝和战争的破坏，扬州如一场旧梦，只剩下了各种动听的名字和美好的过去。作者引经据典，使文章内容更加丰富，而且极具情韵。

饮食男女在福州

福州的食品，向来就很为外省人所赏识；前十余年在北平，说起私家的厨子，我们总同声一致的赞成刘崧生先生和林宗孟先生家里的蔬菜的可口。当时宣武门外的忠信堂正在流行，而这忠信堂的主人，就系旧日刘家的厨子，曾经做过清室的御厨房的。上海的小有天以及现在早已歇业了的消闲别墅，在粤菜还没有征服上海之先，也曾盛行过一时。面食里的伊府面，听说还是汀州伊墨卿太守的创作；太守住扬州日久，与袁子才也时相往来，可惜他没有像随园老人那么的好事，留下一本食谱来，教给我们以烹调之法；否则，这一个福建萨伐郎（Savarin）的荣誉，也早就可以驰名海外了。

福建菜的所以会这样著名，而实际上却也实在是丰盛不过的原因，第一、当然是由于天然物产的富足。福建全省，东南并海，西北多山，所以山珍海味，一例的都贱如泥沙。听说沿海的居民，不必忧虑饥饿，大海潮回，只消上海滨去走走，就可以拾一篮海货来充作食品。又加以地气温暖，土质腴厚，森林蔬菜，随处都可以培植，随时都可以采撷。一年四季，笋类菜类，常是不断；野菜的味道，吃起来又比别处的来得鲜甜。福建既有了这样丰富的天产，再加上以在外省各地游宦营商者的数目的众多，作料采从本地，烹制学自外方，五味调和，百珍并列，于是乎闽菜之名，就喧传在饕餮家的口上了。清初周亮工著的《闽小纪》两卷，记述食品处独多，按理原也是应该的。

批注空间

福州海味，在春三二月间，最流行而最肥美的，要算来自长乐的蚌肉，与海滨一带多有的蛎房。《闽小纪》里所说的西施舌，不知是否指蚌肉而言；色白而腴，味脆且鲜，以鸡汤煮得适宜，长圆的蚌肉，实在是色香味俱佳的神品。听说从前有一位海军当局者，老母病剧，颇思乡味；远在千里外，欲得一蚌肉，以解死前一刻的渴慕，部长纯孝，就以飞机运蚌肉至都。从这一件轶事看来，也可想见这蚌肉的风味了；我这一回赶上福州，正及蚌肉上市的时候，所以红烧白煮，吃尽了几百个蚌，总算也是此生的豪举，特笔记此，聊志口福。

蛎房并不是福州独有的特产，但福建的蛎房，却比江浙沿海一带所产的，特别的肥嫩清洁。正二三月间，沿路的摊头店里，到处都堆满着这淡蓝色的水包肉；价钱的廉，味道的鲜，比到东坡在岭南所贪食的蚝，当然只会得超过。可惜苏公不曾到闽海去谪居，否则，阳羡之田，可以不买，苏氏子孙，或将永寓在三山二塔之下，也说不定。福州人叫蛎房作“地衣”，略带“挨”字的尾声，写起字来，我想只有“蚳”字，可以当得。

在清初的时候，江瑶柱似乎还没有现在那么的通行，所以周亮工再三的称道，誉为逸品。在目下的福州，江瑶柱却并没有人提起了，鱼翅席上，缺少不得的，倒是一种类似宁波横脚蟹的蟳蟹，福州人叫作“新恩”，《闽小纪》里所说的虎蟳，大约就是此物。据福州人说，蟳肉最滋补，也最容易消化，所以产妇病人以及体弱的人，往往爱吃。但由对蟹类素无好感的我看来，却仍赞成周亮工之言，终觉得质粗味劣，远不及蚌与蛎房或香螺的来得干脆。

福州海味的种类，除上述的三种以外，原也很多很多；但是别地方也有，我们平常在上海也常常吃得到的东西，记下来也没有什么价值，所以不说。至于与海错相对的山珍哩，却更是可以干制，可以输出的东西，益发的没有记述的必要了，所以在这里只想说一说叫作肉燕的那一种奇异的包皮。

初到福州，打从大街小巷里走过，看见好些店家，都有一个大砧头摆在店中；一两位壮强的男子，拿了木锥，只在对着砧上的一大块猪肉，一下一下的死劲地敲。把猪肉这样的乱敲乱打，究竟算什么回事？我每次看见，总觉得奇怪；后来向福州的朋友一打听，才知道这就是制肉燕的原料了。所谓肉燕者，就是将猪肉打得粉烂，和入面粉，然后再制成皮子，如包馄饨的外皮一样，用以来包制菜蔬的东西。听说这物事在福建，也只是福州独有的特产。

福州食品的味道，大抵重糖；有几家真正福州馆子里烧出来的鸡鸭四件，简直是同蜜饯的罐头一样，不杂入一粒盐花。因此福州人的牙齿，十人九坏。有一次去看三赛乐的闽剧，看见台上演戏的人，个个都是满口金黄；回头更向左右的观众一看，妇女子的嘴里也大半镶着全副的金色牙齿。于是天黄黄，地黄黄，弄得我这一向就痛恨金牙齿的偏执狂者，几乎想放声大哭，以为福州人故意在和我捣乱。

将这些脱嫌糖重的食味除起，若论到酒，则福州的那一种土黄酒，也还勉强可以喝得。周亮工所记的玉带春、梨花白、蓝家酒、碧霞酒、莲须白、河清、双夹、西施红、状元红等，我都不曾喝过，所以不敢品评。只有会城各处在卖的鸡老（酪）酒，颜色却和绍酒一样的红似琥珀，味道略苦，喝多了觉得头痛。听说这是以一生鸡，悬之酒中，等鸡肉鸡骨都化了后，然后开坛饮用的酒，自然也是越陈越好。福州酒店外面，都写酒库两字，发卖叫发扛，也是新奇得很的名称。以红糟酿的甜酒，味道有点像上海的甜白酒，不过颜色桃红，当是西施红等名目出处的由来。莆田的荔枝酒，颜色深红带黑，味甘甜如西班牙的宝德红葡萄，虽则名贵，但我却终不喜欢。福州一般宴客，喝的总还是绍兴花雕，价钱极贵，斤量又不足，而酒味也淡似沪杭各地，我觉得建庄终究不及京庄。

福州的水果花木，终年不断；橙柑、福橘、佛手、荔枝、龙眼、甘蔗、香蕉，以及茉莉、兰花、橄榄等等，都是全国闻名的品物；好事者且各有谱谍之著，我在这里，自然可以不说。

闽茶半出武夷，就是不是武夷之产，也往往借这名山为号召。铁罗汉，铁观音的两种，为茶中柳下惠，非红非绿，略带赭色；

批注空间

酒醉之后，喝它三杯两盏，头脑倒真能清醒一下。其他若龙团玉乳，大约名目总也不少，我不恋茶娇，终是俗客，深恐品评失当，贻笑大方，在这里只好轻轻放过。

从《闽小纪》中的记载看来，番薯似乎还是福建人开始从南洋运来的代食品；其后因种植的便利，食味的甘美，就流传到内地去了；这植物传播到中国来的时代，只在三百年前，是明末清初的时候，因亮工所记如此，不晓得究竟是否确实。不过福建的米麦，向来就说不足，现在也须仰给于外省或台湾，但田稻倒又可以一年两植。而福州正式的酒席，大抵总不吃饭散场，因为菜太丰盛了，吃到后来，总已个个饱满，用不着再以饭颗来充腹之故。

饮食处的有名处所，城内为树春园、南轩、河上酒家、可然亭等。味和小吃，亦佳且廉；仓前的鸭面，南门兜的素菜与牛肉馆，鼓楼西的水饺子铺，都是各有长处的小吃处；久吃了自然不对，偶尔去一试，倒也别有风味。城外在南台的西菜馆，有嘉宾、西宴台、法大、西来，以及前临闽江，内设戏台的广聚楼等。洪山桥畔的义心楼，以吃形同比目鱼的贴沙鱼著名；仓前山的快乐林，以吃小盘西洋菜见称，这些当然又是菜馆中的别调。至如我所寄寓的青年会食堂，地方精洁宽广，中西菜也可以吃吃，只是不同耶稣的飨宴十二门徒一样，不许顾客醉饮葡萄酒浆，所以正式请客，大感不便。

此外则福建特有的温泉浴场，如汤门外的百合、福龙泉，飞机场的乐天泉等，也备有饮馔供客；浴客往往在这些浴场里可以鬼混一天，不必出外去买酒买食，却也便利。从前听说更可以在个人池内男女同浴，则饮食男女，就不必分求，一举竟可以两得了。

要说福州的女子，先得说一说福建的人种。大约福建土著的最初老百姓，为南洋近边的海岛人种；所以面貌习俗，与日本的九州一带，有点相像。其后汉族南下，与这些土人杂婚，就成了无诸种族，系在春秋战国，吴越争霸之后。到得唐朝，大兵入境；相传当时曾杀尽了福建的男子，只留下女人，以配

批注空间

光身的兵士；故而直至现在，福州人还呼丈夫为“唐晡人”，晡者系日暮袭来的意思，同时女人的“诸娘仔”之名，也出来了。还有现在东门外北门外的许多工女农妇，头上仍带着三把银刀似的簪为发饰，俗称他们作三把刀，据说犹是当时的遗制。因为她们的父亲丈夫儿子，都被外来的征服者杀了；她们誓死不肯从敌，故而时时带着三把刀在身边，预备复仇。只今台湾的福建籍妓女，听说也是一样；亡国到了现在，也已经有好多年了，而她们却仍不肯与日本的嫖客同宿。若有人破此旧习，而与日本嫖客同宿一宵者，同人中就视作禽兽，耻不与伍，这又是多么悲壮的一幕惨剧！谁说犹唱后庭花处，商女都不知家国的兴亡哩！试看汉奸到处卖国，而妓女乃不肯辱身，其间相去，又岂只泾渭的不同？这一种古代的人种，与唐人杂婚之后，一部分不完全唐化，仍保留着他们固有的生活习惯，宗教仪式的，就是现在仍旧退居在北门外万山深处的畲民。此外的一族，以水上为家，明清以后，一向被视为贱民，不时受汉人的蹂躏的，相传其祖先系蒙古人，自元亡后，遂贬为 户，俗呼科蹄。科蹄实为曲蹄之别音，因他们常常曲膝盘坐在船舱之内，两脚弯曲，故有此称。串通倭寇，骚扰沿海一带的居民，古时在泉州叫作泉郎的，就是这一种人种的旁支。

因为福州人种的血统，有这种种的沿革，所以福建人的面貌，和一般中原的汉族，有点两样。大致广额深眼，鼻子与颧骨高突，两颊深陷成窝，下额部也稍稍尖凸向前。这一种面相，生在男人的身上，倒也并不觉得特别；但一生在女人的身上，高突部为嫩白的皮肉所调和，看起来却个个都是线条刻划分明，像是希腊古代的雕塑人形了。福州女子的另一特点，是在她们的皮色的细白。生长在深闺中的宦家小姐，不见天日，白腻原也应该；最奇怪的，却是那些住在城外的工农佣妇，也一例地有着那种嫩白微红，像刚施过脂粉似的皮肤。大约日夕灌溉的温泉浴是一种关系，吃的闽江江水，总也是一种关系。

我们从前没有居住过福建，心目中总只以为福建人种，是一种蛮族。后来到了那里，和他们的文化一接触，才晓得他们

批注空间

虽则开化得较迟，但进步得却很快；又因为东南是海港的关系，中西文化的交流，也比中原僻地为频繁，所以闽南的有些都市，简直繁华摩登得可以同上海来争甲乙。及至观察稍深，一移目到了福州的女性，更觉得她们的美的水准，比苏杭的女子要高好几倍；而装饰的入时，身体的康健，比到苏州的小型女子，又得高强数倍都不止。

“天生丽质难自弃”，表露欲，装饰欲，原是女性的特嗜；而福州女子所有的这一种显示本能，似乎比什么地方的人还要强一点。因而天晴气爽，或岁时伏腊，有迎神赛会的关头，南大街，仓前山一带，完全是美妇人披露的画廊。眼睛个个是灵敏深黑的，鼻梁个个是细长高突的，皮肤个个是柔嫩雪白的；此外还要加上以最摩登的衣饰，与来自巴黎纽约的化妆品的香雾与红霞，你说这幅福州晴天午后的全景，美丽不美丽？迷人不迷人？

亦唯因此之故，所以也影响到了社会，影响到了风俗。国民经济破产，是全国到处都一样的事实；而这些妇女子们，又大半是不生产的中流以下的阶级。衣食不足，礼义廉耻之凋伤，原是自然的结果，故而在福州住不上几月，就时时有暗娼流行的风说，传到耳边上来。都市集中人口以后，这实在也是一种不可避免而急待解决的社会大问题。

说及了娼妓，自然不得不说一说福州的官娼。从前邵武诗人张亨甫，曾著过一部《南浦秋波录》，是专记南台一带的烟花韵事的；现在世业凋零，景气全落，这些乐户人家，完全没有旧日的豪奢影子了。福州最上流的官娼，叫作白面处，是同上海的长三一样的款式。听几位久住福州的朋友说，白面处近来门可罗雀，早已掉在没落的深渊里了；其次还勉强在维持市面的，是以卖嘴不卖身为标榜的清唱堂，无论何人，只须花三元法币，就能进去听三出戏。就是这一时号称极盛的清唱堂，现在也一家一家的废了业，只剩了田墩的三五家人家。自此以下，则完全是惨无人道的下等娼妓，与野鸡款式的无名密贩了，数目之多，求售之切，到了骇人听闻的地步。至于城内的暗娼，包月妇，零售处之类，只听见公安维持者等谈起过几次，报纸上见到过许多回，内容虽则无从调查，但演绎起来，旁证以社会的萧条，产业的不振，国步的艰难，与夫人口的过剩，总也不难举一反三，晓得她们的大概。

总之，福州的饮食男女，虽比别处稍觉得奢侈，而福州的社会状态，比别处也并不见得十分的堕落。说到两性的纵弛，人欲的横流，则与风土气候有关，次热带的境内，自然要比温带寒带为剧烈。而食品的丰富，女子一般姣美与健康，却是我们不曾到过福建的人所意想不到的发见。

一九三六年六月二日

（原载一九三六年七月五日《逸经》半月刊第九期）

简 析

丰盛美味的山珍海味让人垂涎三尺，娇美坚强的福州女子让人觉得可爱又可敬……本文由福州文化写到福建人种及其外貌特征，写到福州女子的娇美与健康，再写到福州的社会风气和状况，给读者一种未到福州却体味到了福州的身临其境的感觉。

批注空间

批注空间

全面抗战的线后

自七月七日夜，卢沟桥日军来袭，八月十三晨，上海日水兵炮击我保安队后，数十年来之宿怨，四万万人之积愤，一旦爆发，立时演成了我中华全民族全面抗战之悲壮剧。我们虽是弱国，但我们决不是甘为奴隶的劣等民族，“九一八”以来不抵抗之耻，经此一战而雪尽；虽则苦战只一二月，以后长期抵抗，将不达到胜战的目的不止，多则三年，少亦两载，忍苦杀敌之来日方长；可是只将此一二月之战绩论，中华民族复兴之兆，已早显示在我们的目前，民族战争史上的光荣，我们早已占有一席地了。我们生逢着这一伟大时代，个人的情绪紧张，牺牲的决心坚固，原是当然的事情；但同时我们也不能不怀念着那些毫无抵抗能力的妇孺同胞，以及无衣食无武器的劳工大众，直接简接在受暴日炮火炸弹的虐杀。记者于沪战开始后，曾由海上飘泊至宁波，由浙江内地经闽北而返福州，沿途所见，都是些赤手空拳丧家失业的妇孺老幼；迄今事隔多日，而中宵梦魇，犹见许多避难同胞，凄惨流离在道路之中。因借《公余》余白，略记二三目击琐事，以志日帝国主义侵略者之惨无人道；并欲昭示子孙，永勿忘日本军阀，实为我中华民族之世仇。

自八月上旬起，因日本驻沪海军陆战队，日日在公园靶子场一带耀武扬威，附近居民，深恐“一二八”惨剧之重演，早已纷纷迁避入英法租界。盖闸北“一二八”之血迹未干，而日本军人面貌之狞恶如故，矢在弦上，势在必发，惊弓之鸟，自不能如常时之镇定。

八月十日，记者因事去北四川路，见自老靶子路铁门以北，临街铺户，全部门窗紧闭，绝似元旦清晨阖街休息的景象。与元旦不同之处，唯在街上行人的绝少，——因行人一稀少之故，二三野狗与陆战队巡逻兵卒往来之影，反更惹人注意。——电车公共汽车内坐客的零落，与夫各铺户门上，都贴有红色及绛黄色迁移或招租广告的几点。记者栖息或经行沪滨垂二十年，从未见有如此凄惨萧条之市景。山雨欲来，大难将至，居民殆从日水兵之行动上早已感觉到了。

自老靶子路向西，转出北站，则铁栅栏附近，闸北居民，犹在列出埃及之长蛇阵。一只破旧皮箱，一捆帐子被褥，及便桶洋炉灶之类，几乎是伊辈各具之财产，因知稍为富有者，早已迁避一空，此辈均系挨迟避难之中下平民。人力车夫之趁火打劫，亦唯对此辈为独甚；记者曾亲眼见一辆车资，自北站拉至三马路大新街口，讨价为一元五角，讲定价钱为大洋一元，而车夫态度，尚强硬舒徐，有薄此而不屑拉的神气。

促成沪北居民如此恐慌之直接最大原因，实为八月九日午后，两日水兵因窥测我虹桥机场之故的被击。敌国军人，际此险象环生之备战时期，无故而闯入我戒严地带，意图刺探军情；且先以枪弹伤杀我卫兵，我之还击，自属正当防卫，而日军部当局，反向我发最后通牒，欲威逼我保安团队，限刻全部退出淞沪。在这情形之下，中国军人若无血气则已，若有人性，自然不能隐忍，必予以强有力之抵抗；居民熟悉此事之经过，知日军之已有计划地向我进攻，其仓皇逃避，理固宜然；所可恨者，诸江北同胞，漠不知同舟共济之大义，反欲乘危急而发此不义之大财，实为我民族之一污点。

记者因迎自日返国之一旧友而赴沪，居停十日，诸事已接洽就绪，早晚打点上船返闽，离去上海。十一日午后，适有三北公司之靖安轮南行，十一日晨便从谣言丛集难民满地之上海埠头上船，犹冀侵略者或将勒马悬崖，不轻作玩火之把戏；至少在江浙之片隅，或许能继续其平时通商生产诸事业。

批注空间

半月来秋高气爽，天气日日晴明，若在平时，此番航海，如行地中海上，旅客可坐赏沿海各岛屿风景，反较陆行舒适。但因时局紧张，船中旅客增加至一倍以上。下午四时，船驶出吴淞口边，又见有日本军舰二三十只，停泊在浦江上下；陆战队兵士，正在阳光下搬运弹药食品，忙如雨后蚂蚁；而白色浅底之日本扬子江舰队，分靠在两岸，尚不在那二三十艘战舰之数中。因眼见到了这些日本备战的舰只，又夹以脑际带来的沪上所散布着的风闻，乘客之中，有断定今晚或即有战争爆发者；然亦有乐天家以滑稽口吻，在作谐谈，谓日本所有财产，都已搬至黄浦江上，目的实只在示威，小丑究何敢跳梁云。

船出口后，风平浪静，新月如钩，食堂内议论风生，所谈的无非是战争时事；殊不知在船客兴高采烈之此际，大风警报已由无线电传到船上，而上海的战云，亦正在一刻一刻地紧迫。

十二日，海上无事，唯觉风大了一点，就至宁波附近依岸行舟；至十三日晨从舱里睡醒起床，船主已使人来报信，谓上海战事爆发，我军大胜，日海军司令部已被我军占据。自此消息传出后，船中乘客，个个紧张，逃难船客，亦顿忘了奔波之苦，而大风早已迫近我们的路线，船于下午不得不在舟山湾附近抛锚躲避。自此日起，靖安每日一进一退，只在海上作游弋，绝似避暑之快艇，在大海中作逍遥游者；实则半为大风，半为敌舰，恐中途被劫虏，故不得不作迷途之鸥鸟，以避危险。如此行动，继续了两昼夜，到十五日晨，才决定回航，去宁波暂避。驶进镇海口，到达宁波江北岸时，正将近十点的样子。

在宁波上岸后，晨光中所见之街市萧条景象，与上海所见者略同；急驱车至鄞县县府，询之陈县长，方识敌机受汉奸密报，昨日曾飞来炸我曹娥及诸暨等处，我之军械战机，曾无若何损失，而敌机数架，却被击落在绍属境内。自宁波站上火车，一路上听人谈论，都系昨午空战之情形。下午一时，过慈溪车站，且见有被缚之汉奸两名在站上示众，手臂上有一油墨印成之令字，擦之不去。沿途聚观之乡民，眦裂发指，都有生啖奸肉之概。在火车内，且闻有人谈起，昨晚在一小客栈中，被臭虫咬扰，终夜不能合眼，因与大家议定，此后见有臭虫，将统叫作“日本军阀”，可以表示日军阀之吮吸人血，臭气熏蒸。我国国民之怨恨日本侵略，及愿世世勿忘此仇之志，于此等谈话及气概中可以见到。中日两民族，所以积怨至如此地步，比当年法德更甚者，实由日本军阀一手所造成。名臭虫作“日本军阀”大有油炸桧之意，预料一年半载之后，此类名词，将普遍流行于中国，汉奸及日军阀之遗臭，在我中国或将延长至万万年，也说不定。

车过曹娥，渡江后，还能见到昨午空战之遗迹；被击落之臭虫机一架，远埋在西北面之稻田中，小臭虫除两只被活捉，解赴杭州外，四只尸体，尚未埋下，惜因时间匆促，未能往摄一影片，以示我空军之威武。夜宿绍兴，居民都早就息灯安寝，似有静卧一宵，预备明日再去杀敌之意。

绍兴晨起，即见有满天微雨，散落中庭。冒雨至五云，赶车到江边，还未敲八点。江边的景象，才是一幅惨极的流民移徙图，非身到其境者，不会感到日军的残酷无人道，专擅在无武器非战斗员的妇孺老幼间施虐；我军人之勇气百倍，誓欲为各老幼报仇之敌忾心，殆亦由日军的此种暴行所促成。

江边在大雨之下，泞泥之中，露宿着的上海难民，将近一万，大半都系女工，以及老幼之无家可归者，东面水际，聚拥着一簇蓬头垢面之妇人备极忙碌，则为昨晚上露天生产之一女工在帮忙；婴儿啼哭声，隐隐自人丛中漏出，似在嫌母乳之不足。闻之巡警，谓此辈工人，都在此待搬运器来，将散归至宁绍各乡村。每日通过者，约有数万，如此情形，已继续了三四天了。

渡江至南星桥，自凤山门进城，路上行人稀少，商店亦大半掩户停业。到家前五分钟，已闻得空袭预报。入门坐定，则紧急警报已发，不上两分钟，敌机一队，自东南飞越到了；我迎击之机，四面蜂起，围住了敌机。一刹那间，空中机枪声大作，而振动屋宇之巨弹声，亦随急响了两下。不上五分钟，敌机逃逸，我机亦已远追开去。空中静寂，唯开微雨洒叶上之声；不三十分钟，警报解除之号吹亦发，我威武之空军杀敌情形，即在当午之号外上见到。是役敌投两弹，均落笕桥田野中，损伤全无，敌机一架被击落在海宁附近，两架受伤，旋亦坠落，正由我军在寻觅中云。

（原载一九三七年九月十日、二十日、三十日福州《闽政与公余》旬刊第一号、第二号、第三号）

简析

本文写于1937年，记叙了抗战爆发后，敌军由水、陆、空全面进攻上海，狂轰滥炸、横行无忌的情形，抒写了我军英勇抗战、誓死卫沪的雄心壮志。表达了作者对敌人满腔的愤慨之情，以及对我军、我民族的热爱之情。

回忆鲁迅

序 言

鲁迅作故的时候，我正飘流在福建。那一天晚上，刚在南台一家饭馆里吃晚饭，同席的有一位日本的新闻记者，一见面就问我，鲁迅逝世的电报，接到了没有？我听了，虽则大吃了一惊，但总以为同盟社造的谣。因为不久之前，我曾在上海会过他，我们还约好于秋天同去日本看红叶的。后来虽也听到他的病，但平时晓得他老有因为落夜而致伤风的习惯，所以，总觉得这消息是不可靠的误传。因为得了这一个消息之故，那一天晚上，不待终席，我就走了。同时，在那一夜里，福建报上，有一篇演讲稿子，也有改正的必要，所以从南台走回城里的时候，我就直上了报馆。

晚上十点钟以后，正是报馆里最忙的时候，我一到报馆，与一位负责的编辑，只讲了几句话，就有位专编国内时事的记者，拿了中央社的电稿，来给我看了；电文却与那一位日本记者所说的一样，说是“著作家鲁迅，于昨晚在沪病故”了。

我于惊愕之余，就在那一张破稿纸上，写了几句电文：“上海申报转许景宋女士：骤闻鲁迅噩耗，未敢置信，万请节哀，余事面谈”。第二天的早晨，我就踏上了三北公司的靖安轮船，奔回到了上海。

鲁迅的葬事，实在是中国文学史上空前的一座纪念碑，他的葬仪，也可以说是民众对日人的一种示威运动。工人，学生，

批注空间

妇女团体，以前鲁迅生前的知友亲戚，和读他的著作，受他的感化的不相识的男男女女，参加行列的，总有一万人以上。

当时中国各地的民众正在热叫着对日开战，上海的智识分子，尤其是孙夫人蔡先生等旧日自由大同盟的诸位先进，提倡得更加激烈，而鲁迅适当这一个时候去世了，他平时，也是主张对日抗战的，所以民众对于鲁迅的死，就拿来当作了一个非抗战不可的象征；换句话说，就是在把鲁迅的死，看作了日本侵略中国的具体事件之一。在这个时候，在这一种情绪下的全国民众，对鲁迅的哀悼之情，自然可以不言而喻了；所以当时全国所出的刊物，无论那一种定期或不定期的印刷品上，都充满了哀吊鲁迅的文字。

但我却偏有一种爱冷不感热的特别脾气，以为鲁迅的崇拜者，友人，同事，既有了这许多追悼他的文字与著作，那我这一个渺乎其小的同时代者，正可以不必马上就去铺张些我与鲁迅的关系。在这一个闹热关头，我就是写十万百万字的哀悼鲁迅的文章，于鲁迅之大，原是不能再加上以毫末，而于我自己之小，反更足以多一个证明。因此，我只在《文学》月刊上，写了几句哀悼的话，此外就一字也不提，一直沉默到了现在。

现在哩！鲁迅的《全集》，已经出版了；而全国民众，正在一个绝大的危难底下抖擞。在这伟大的民族受难期间，大家似乎对鲁迅个人的伤悼情绪，减少了些了，我却想来利用余闲，写一点关于鲁迅的回忆。若有人因看了这回忆之故，而去多读一次鲁迅的集子，那就是我对于故人的报答，也就是我所以要写这些断片的本望。

廿七年八月十四日在汉寿

和鲁迅第一次的见面，不知是在那一年那一月那一日，——我对于时日地点，以及人的姓名之类的记忆力，异常的薄弱，人非要遇见至五六次以上，才能将一个人的名氏和一个人的面貌连合起来，记在心里——但地方却记得是在北平西城的砖塔儿胡同一间坐南朝北的小四合房子里。因为记得那一天天气很

批注空间

阴沉，所以一定是在我去北平，入北京大学教书的那一年冬天，时间仿佛是在下午的三四点钟。若说起那一年的大事情来，却又有史可稽了，就是曹锟贿选成功，做大总统的那一个冬天。

去看鲁迅，也不知是为了什么事情。他住的那一间房子，我却记得很清楚，是在那两座砖塔的东北面，正当胡同正中的地方。一个三四丈宽的小院子，院子里长着三四棵枣树。大门朝北，而住屋——三间上房——却朝正南，是杭州人所说的倒骑龙式的房子。

那时候，鲁迅还在教育部里当佥事，同时也在北京大学里教小说史略。我们谈的话，已经记不起来了，但只记得谈了些北大的教员中间的闲话，和学生的习气之类。

他的脸色很青，胡子是那时候已经有了；衣服穿得很单薄，而身材又矮小，所以看起来像是一个和他的年龄不大相称的样子。

他的绍兴口音，比一般绍兴人所发的来得柔和，笑声非常之清脆，而笑时眼角上的几条小皱纹，却很是可爱。

房间里的陈设，简单得很；散置在桌上，书橱上的书籍，也并不多，但却十分的整洁。桌上没有洋墨水和钢笔，只有一方砚瓦，上面盖着一个红木的盖子。笔筒是没有的，水池却像一个小古董，大约是从头发胡同的小市上买来的无疑。

他送我出门的时候，天色已经晚了，北风吹得很大；门口临别的时候，他不晓说了一句什么笑话，我记得一个人在走回寓舍来的路上，因回忆着他的那一句，满面还带着了笑容。

同一个来访我的学生，谈起了鲁迅。他说：“鲁迅虽在冬天，也不穿棉裤，是抑制性欲的意思。他和他的旧式的夫人是不要好的。”因此，我就想起了那天去访问他时，来开门的那一位清秀的中年妇人。她人亦矮小，缠足梳头，完全是一个典型的绍兴太太。

前数年，鲁迅在上海，我和映霞去北戴河避暑回到了北平的时候，映霞曾因好奇之故，硬逼我上鲁迅自己造的那一所西城象鼻胡同后面西三条的小房子里，去看过这中年的妇人。她现在还和鲁迅的老母住在那里，但不知她们在强暴的邻人管制下的生活也过得惯不？

那时候，我住在阜城门内巡捕厅胡同的老宅里。时常来往的，是住在东城禄米仓的张凤举，徐耀辰两位，以及沈尹默，沈兼士，沈士远的三昆仲；不时也常和周作人氏，钱玄同氏，胡适之氏，马幼渔氏等相遇，或在北大的休息室里，或在公共宴会的席上。这些同事们，都是鲁迅的崇拜者，而对于鲁迅的古怪脾气，都当作一件似乎是历史上的轶事在谈论。

在我与鲁迅相见不久之后，周氏兄弟反目的消息，从禄米仓的张徐二位那里听到了。原因很复杂，而旁人终于也不明白是究竟为了什么。但终鲁迅的一生，他与周作人氏，竟没有和解的机会。

本来，鲁迅和周作人氏哥儿俩，是住在八道湾的那一所大房子里的。这一所大房子，系鲁迅在几年前，将他们绍兴的祖屋卖了，与周作人在八道湾买的；买了之后，加以修缮，他们兄弟和老太太就统在那里住了。俄国的那位盲诗人爱罗先珂寄住的，也就是这一所八道湾的房子。

后来，鲁迅和周作人氏闹了，所以他就搬了出来，所住的，大约就是砖塔胡同的那一间小四合了。所以，我见到他的时候，正在他们的口角之后不久的期间。

据凤举他们的判断，以为他们兄弟间的不睦，完全是两人的误解。周作人氏的那位日本夫人，甚至说鲁迅对她有失敬之处。但鲁迅有时候对我说：“我对启明，总老规劝他的，教他用钱应该节省一点，我们不得不想想将来，但他对于经济，总是进一个花一个的，尤其是他那一位夫人。”从这些地方，会合起来，大约他们反目的真因，也可以猜度到一二成了。不过凡是认识鲁迅，认识启明及他的夫人的人，都晓得他们三个人，完全是好人；鲁迅虽则也痛骂过正人君子，但据我所知的他们三人来说，则只有他们才是真正的正人君子。现在颇有些人，说周作人已作了汉奸，但我却始终仍是怀疑。所以，全国文艺作者协会致周作人的那一封公开信，最后的决定，也是由我改削过的；

我总以为周作人先生，与那些甘心卖国的人，是不能作一样的看法的。

批注空间

这时候的教育部，薪水只发到二成三成，公事是大家不办的，所以，鲁迅很有工夫教书，编讲义，写文章。他的短文，大抵是由孙伏园氏拿去，在《晨报副刊》上发表；教书是除北大外，还兼任着师大。

有一次，在鲁迅那里闲坐，接到了一个来催开会的通知，我问他忙么？他说，忙倒也不忙，但是同唱戏的一样，每天总得到处去扮一扮。上讲台的时候，就得扮教授，到教育部去，也非得扮官不可。

他说虽则这样的说，但做到无论什么事情时，却总肯负完全的责任。

至于说到唱戏呢，在北平虽则住了那么久，可是他终于没有爱听京戏的癖性。他对于唱戏听戏的经验，始终只限于绍兴的社戏，高腔，乱弹，目莲戏等，最多也只听到了徽班。阿Q所唱的那句“手执钢鞭将你打”，就是乱弹班《龙虎斗》里的句子，是赵玄坛唱的。

对于目莲戏，他却有特别的嗜好，他有好几次同我说，这戏里的穿插，实在有许许多多的幽默味。他曾经举出不少的实例，说到一个借了鞋袜靴子去赴宴会的人，到了人来向他索还，只剩一件大衫在身上的时候，这一位老兄就装作肚皮痛，以两手按着腹部，只叫着我肚皮痛杀哉，将身体伏矮了些，于是长衫就盖到了脚部以遮掩过去的一段，他还照样的做出来给我们看过。说这一段话时，我记得《月夜》的著者，川岛兄也在座上，我们曾经大笑过的。

后来在上海，我有一次谈到了予倩田汉诸君想改良京剧，来作宣传的话，他根本就不赞成，并且很幽默的说，以京剧来宣传救国，那就是“我们救国啊啊啊啊了，这行么？”

孙伏园氏在晨报社，为了鲁迅的一篇挖苦人的恋爱的诗，与刘勉己氏闹翻了脸。鲁迅的学生李小峰就与伏园联合起来，

批注空间

出了《语丝》。投稿者除上述的诸位之外，还有林语堂氏，在国外的刘半农氏，以及徐旭生氏等。但是周氏兄弟，却是《语丝》的中心。而每次语丝社中人叙会吃饭的时候，鲁迅总不出席，因为不愿与周作人氏遇到的缘故。因此，在这一两年中，鲁迅在社交界，始终没有露一露脸。无论什么人请客，他总不肯出席；他自己哩，除了和一二人去小吃之外，也绝对的不大规模（或正式）的请客。这脾气，直到他去厦门大学以后，才稍稍改变了些。

鲁迅的对于后进的提拔，可以说是无微不至。《语丝》发刊以后，有些新人的稿子，差不多都是鲁迅推荐的。他对于高长虹他们的一集团，对于沈钟社的几位，对于未名社的诸子，都一例地在为说项，就是对于沈从文氏，虽则已有人在孙伏园去后的《晨报副刊》上在替吹嘘了，他也时时提到，唯恐诸编辑的埋没了他。还有当时在北大念书的王品青氏，也是他所属望的青年之一。

鲁迅和景宋女士（许广平）的认识，是当他在北京（那时北平还叫作北京）女师大教书的中间，前后经过，《两地书》里已经记载得很详细，此地可以不必说。但他和许女士的进一步的接近，是在“三一八”惨案之前，章士钊做教育部长，使刘百昭去用了老妈子军以暴力解散女师大的时候。

鲁迅是向来喜欢打抱不平的，看了章士钊的横行不法，又兼自己还是这学校的讲师，所以，当教育部下令解散女师大的时候，他就和许季 ，沈兼士，马幼渔等一道起来反对。当时的鲁迅，还是教育部的佥事，故而部长的章士钊也就下令将他撤职。为此，他一面向行政院控告章士钊，提起行政诉讼，一面就在《语丝》上攻击《现代评论》的为虎作伥，尤以对陈源（通伯）教授为最烈。

《现代评论》的一批干部，都是英国留学生；而其中像周鲠生，皮宗石，王世杰等，却是两湖人。他们和章士钊，在同到过英国的一点上，在同是湖南人的一点上，都不得不帮教育部的忙。

鲁迅因而攻击绅士态度，攻击《现代评论》的受贿赂，这一时候的他的杂文，怕是他一生之中，最含热意的妙笔。在这一个压迫和反抗，正义和暴力的争斗之中，他与许女士便有了更进一步的认识机会。

在这前后，我和他见面的次数并不多，因为我已经离开了北平，上武昌师范大学文科去教书了，可是这一年（民十三？）暑假回北京，看见他的时候，他正在做控告章士钊的状子，而女师大为校长杨荫榆的问题，也正是闹得最厉害的期间。当他告诉我完了这事情的经过之后，他仍旧不改他的幽默态度说：

“人家说我在打落水狗，但我却以为在打枪伤老虎，在扮演周处或武松。”

这句话真说得我高笑了起来。可是他和景宋女士的认识，以及有什么来往，我却还一点儿也不曾晓得。

直到两年（？）之后，他因和林文庆博士闹意见，从厦门大学回上海的那一年暑假，我上旅馆去看他，谈到了中午，就约他及景宋女士与在座的许钦文去吃饭。在吃完饭后，茶房端上咖啡来时，鲁迅却很热情地向正在搅咖啡杯的许女士看了一眼，又用诫告亲属似的热情的口气，对许女士说：

“密丝许，你胃不行，咖啡还是不吃的好，吃些生果罢！”

在这一个极微细的告诫里，我才第一次看出了他和许女士中间的爱情。

从此以后，鲁迅就在上海住下了，是在闸北去窦乐安路不远的景云里内一所三楼朝南的洋式弄堂房子里。他住在二层的前楼，许女士是住在三楼的。他们两人间的关系，外人还是一点儿也没有晓得。

有一次，林语堂——当时他住在愚园路，和我静安寺路的寓居很近——和我去看鲁迅，谈了半天出来，林语堂忽然问我：

“鲁迅和许女士，究竟是怎么回事？有没有什么关系的？”

我只笑着摇摇头，回问他说：

“你和他们在厦大同过这么久的事，难道还不晓得么？我可真看不出什么来。”

说起林语堂，实在是一位天性纯厚的真正英美式的绅

批注空间

士，他决不疑心人有意说出的不关紧要的谎。我只举一个例出来，就可以看出他的本性。当他在美国向他的夫人求爱的时候，他第一次捧呈了她一册克莱克夫人著的小说《模范绅士约翰哈里法克斯》；但第二次他忘记了，又捧呈了她以这册 John Halifax Gentleman。这是林夫人亲口对我说的话，当然是不会错的。从这一点上看来，就可以看出语堂真是如何地忠厚老实的一位模范绅士。他的提倡幽默，挖苦绅士态度，我们都在说，这些都是从他的 Infer-io rity Complex（不及错觉）心理出发的。

语堂自从那一回经我说过鲁迅和许女士中间大约并没有什么关系之后，一直到海婴（鲁迅的儿子）将要生下来的时候，才兹恍然大悟。我对他说破了，他满脸泛着好好先生的微笑说：

“你这个人真坏！”

鲁迅的烟瘾，一向是很大的；在北京的时候，他吸的，总是哈德门牌的拾枝装包。当他在人前吸烟的时候，他总探手进他那件灰布棉袍里去摸出一枝来吸，他似乎不喜欢将烟包先拿出来，然后再从烟包里抽出一枝，而再将烟包塞回袋里去。他这脾气，一直到了上海，仍没有改过，不晓是为了怕麻烦的原因呢？抑或为了怕人家看见他所吸的烟，是什么牌。

他对于烟酒等刺激品，一向是不十分讲究的；对于酒，也是同烟一样。他的量虽则并不大，但却老爱喝一点。在北平的时候，我曾和他在东安市场的一家小羊肉铺里喝过白干；到了上海之后，所喝的，大抵是黄酒了。但五加皮，白玫瑰，他也喝，啤酒，白兰地他也喝，不过总喝得不多。

爱护他，关心他的健康无微不至的景宋女士，有一次问我：“周先生平常喜欢喝一点酒，还是给他喝什么酒好？”我当然答以黄酒第一。但景宋女士却说，他喝黄酒时，老要量喝得很多，所以近来她在给他喝五加皮酒。并且说，因为五加皮酒性太烈，她所以老把瓶塞在平时拔开，好教消散一点酒气，变得淡些。

在这些地方，本可看出景宋女士的一心为鲁迅牺牲的伟大精神来；仔细一想，真要教人感激得下眼泪的，但我当时却笑了，笑她的太没有对于酒的知识。当然她原也晓得酒精成分多

批注空间

少的科学常识，可是爱人爱得过分时，常识也往往会被热挚的真情，掩蔽下去。我于讲完了量与质的问题，讲完了酒精成分的比较问题之后，就劝他，以后，顶好是给周先生以好的陈黄酒喝，否则还是喝啤酒。

这一段谈话过后不久，忽而有一天，鲁迅送了我两瓶十多年陈的绍兴黄酒，说是一位绍兴同乡，带出来送他的。我这才放了心，相信以后他总不再喝五加皮等烈酒了。

我的记忆力很差，尤其是对于时日及名姓等的记忆。有些朋友，当见面时却混得很熟，但竟有一年半载以上，不晓得他的名姓的，因为混熟了，又不好再请教尊姓大名的缘故。像这一种习惯，我想一般人也许都有，可是，在我觉得特别的厉害。而鲁迅呢，却很奇怪，他对于遇见过一次，或和他在文字上有点纠葛过的人，都记得很详细，很永固。

所以，我在前段说起过的，鲁迅到上海的时日，照理应该在十八年的春夏之交；因为他于离开厦门大学之后，是曾上广州中山大学去住过一年的；他的重回上海，是在因和顾颉刚起了冲突，脱离中山大学之后；并且因恐受当局的压迫拘捕，其后亦曾在广州闲住了半年以上的时间。

他对于辞去中山大学教职之后，在广州闲住的半年那一节事情，也解释得非常有趣。他说：

"在这半年中，我譬如是一只雄鸡，在和对方呆斗。这呆斗的方式，并不是两边就咬起来，却是振冠击羽，保持着一段相当距离的对视。因为对方的假君子，背后是有政治力量的，你若一经示弱,对方就会用无论那一种卑鄙的手段,来加你以压迫。

"因而有一次，大学里来请我讲演，伪君子正在庆幸机会到了，可以罗织成罪我的证据。但我却不忙不迫的讲了些魏晋人的风度之类，而对于时局和政治，一个字也不曾提起。"

在广州闲住了半年之后，对方的注意力有点松懈了，就是对方的雄鸡，坚忍力有点不能支持了；他就迅速地整顿行李，乘其不备，而离开了广州。

人虽则离开了，但对于代表恶势力而和他反对的人，他却

批注空间

始终不会忘记。所以，他的文章里，无论在那一篇，只教用得上去的话，他总不肯放松一着，老会把这代表恶势力的敌人押解出来示众。

对于这一点，我也曾再三的劝他过，劝他不要上当。因为有许多无理取闹，来攻击他的人，都想利用了他来成名。实际上，这一个文坛登龙术，是屡试屡验的法门；过去曾经有不少的青年，因攻击鲁迅而成了名的。但他的解释，却很彻底。他说：

"他们的目的，我当然明了。但我的反攻，却有两种意思。第一，是正可以因此而成全了他们；第二，是也因为了他们，而真理愈得阐发。他们的成名，是烟火似的一时的现象，但真理却是永久的。"

他在上海住下之后，这些攻击他的青年，愈来愈多了。最初，是高长虹等，其次是太阳社的钱杏村等，后来则有创造社的叶灵凤等。他对于这些人的攻击，都三倍四倍地给予了反攻，他的杂文的光辉，也正因了这些不断的搏斗而增加了熟练与光辉。他的全集的十分之六七，是这种搏斗的火花，成绩俱在，在这里可以不必再说。

此外还有些并不对他攻击，而亦受了他的笔伐的人，如张若谷、曾今可等；他对于他们，在酒兴浓溢的时候，老笑着对我说：

"我对他们也并没有什么仇。但因为他们是代表恶势力的缘故，所以我就做了堂·克蓄德，而他们却做了活的风车。"

关于堂·克蓄德这一名词，也是钱杏村他们奉赠给他的。他对这名词并不嫌恶，反而是很喜欢的样子。同样在有一时候，叶灵凤引用了苏俄讥高尔基的画来骂他，说他是"阴阳面的老人"，他也时常笑着说："他们比得我太大了，我只恐怕承当不起。"

创造社和鲁迅的纠葛，系开始在成仿吾的一篇批评，后来一直地继续到了创造社的被封时为止。

鲁迅对创造社，虽则也时常有讥讽的言语，散发在各杂文里；但根底却并没有恶感。他到广州去之先，就有意和我们结成一条战线，来和反动势力拮抗的；这一段经过，恐怕只有我和鲁迅及景宋女士三人知道。

至于我个人与鲁迅的交谊呢，一则因系同乡，二则因所处的时代，所看的书，和所与交游的友人，都是同一类属的缘故，始终没有和他发生过冲突。

后来，创造社因被王独清挑拨离间，分成了派别，我因一时感情作用，和创造社脱离了关系，在当时，一批幼稚病的创造社同志，都受了王独清等的煽动，与太阳社联合起来攻击鲁迅，但我却始终以为他们的行动是越出了常轨，所以才和他计划出了《奔流》这一个杂志。

《奔流》的出版，并不是想和他们对抗，用意是在想介绍些真正的革命文艺的理论和作品，把那些犯幼稚病的左倾青年，稍稍纠正一点过来。

当编《奔流》的这一段时期，我以为是鲁迅的一生之中，对中国文艺影响最大的一个转变时期。

在这一年当中，鲁迅的介绍左翼文艺的正确理论的一步工作，才开始立下了系统。而他的后半生的工作的纲领，差不多全是在这一个时期里定下来的。

当时在上海负责在做秘密工作的几位同志，大抵都是在我静安寺路的寓居里进出的人；左翼作家联盟，和鲁迅的结合，实际上是我做的媒介。不过，左联成立之后，我却并不愿意参加，原因是因为我的个性是不适合于这些工作的，我对于我自己，认识得很清，决不愿担负一个空名，而不去做实际的事务；所以，左联成立之后，我就在一月之内，对他们公然的宣布了辞职。

但是暗中站在超然的地位，为左联及各工作者的帮忙，也着实不少。除来不及营救，已被他们杀死的许多青年不计外，在龙华，在租界捕房被拘去的许多作家，或则减刑，或则拒绝引渡，或则当时释放等案件，我现在还记得起来的，当不只十件八件的少数。

鲁迅的热心于提拔青年的一件事情，是大家在说的。但他的因此而受痛苦之深刻，却外边很少有人知道。像有些先受他

批注空间

批注空间

的提拔，而后来却用攻击的方法以成自己的名的事情，还是彰明显著的事实，而另外还有些“挑了一担同情来到鲁迅那里，强迫他出很高的代价”的故事，外边的人，却大抵都不晓得了。在这里，我只举一个例：

在广州的时候，有一位青年的学生，因平时被鲁迅所感化而跟他到了上海。到了上海之后，鲁迅当然也收留他一道住在景云里那一所三层楼的弄堂房子里。但这一位青年，误解了鲁迅的意思，以为他没有儿子——当时海婴还没有生——所以收留自己和他住下，大约总是想把自己当作他的儿子的意思。后来，他又去找了一位女朋友来同住，意思是为鲁迅当儿媳妇的。可是，两人坐食在鲁迅的家里，零用衣饰之类，鲁迅当然是供给不了的；于是这一位自定的鲁迅的子嗣，就发生了很大的不满，要求鲁迅，一定要为他谋一出路。

鲁迅没法子，就来找我，教我为这青年去谋一职业，如报馆校对，书局伙计之类；假使是真的找不到职业，那么亦必须请一家书店或报馆在名义上用他做事，而每月的薪水三四十元，当由鲁迅自己拿出，由我转交给这书局或报馆，作为月薪来发给。

这事我向当时的现代书局说了，已经说定是每月由书局和鲁迅各拿出一半的钱来，使用这一位青年。但正当说好的时候，这一位青年却和爱人脱离了鲁迅而走了。

这一件事情，我记得章锡琛曾在鲁迅去世的时候写过一段短短的文章；但事实却很复杂，使鲁迅为难了好几个月。从这一回事情之后，鲁迅就爱说“青年是挑了一担同情来的”趣话。不过这仅仅是一例，此外，因同情青年的遭遇，而使他受到痛苦的事实还正多着哩！

民国十八年以后，因国共分家的结果，有许多青年，以及正义的斗士，都无故而被牺牲了。此外，还有许多从事革命运动的青年，在南京，上海，以及长江流域的通都大邑里，被捕的，正不知有多少。在上海专为这些革命志士以及失业工人等救济而设的一个团体，是共济会。但这时候，这救济会已经遭了当局之忌，不能公开工作了；所以弄成请了律师，也不能公然出庭，有了店铺作保，也不能去向法庭请求保释的局面。在这时候，带有国际性的民权保障自由大同盟，才在孙夫人（宋庆龄女士）蔡先生（孑民）等的领导之下，在上海成立了起来。鲁迅和我，都是这自由大同盟的发起人，后来也连做了几任的干部，一直到南京的通缉令下来，杨杏佛被暗杀的时候为止。

在这自由大同盟活动的期间，对于平常的集会，总不出席的鲁迅，却于每次开会时一定先期而到；并且对于事务是一向不善处置的鲁迅，将分派给他的事务，也总办得井井有条。这里，我们又可以看出，鲁迅不仅是一个只会舞文弄墨的空头文学家，对于实务，他原是也具有实际干才的。说到了实务，我又不得不想起我们合编的那一个杂志《奔流》——名义上，虽则是我和他合编的刊物，但关于校对，集稿，算发稿费等琐碎的事务，完全是鲁迅一个人效的劳。

他的做事务的精神，也可以从他的整理书斋，和校阅原稿等小事件上看得出来。一般和我们在同时做文字工作的人，在我所认识的中间，大抵十个有九个都是把书斋弄得乱杂无章的。而鲁迅的书斋，却在无论什么时候，都整理得必清必楚。他的校对的稿子，以及他自己的文稿，涂改当然是不免，但总缮写得非常的清楚。

直到海婴长大了，有时候老要跑到他的书斋里去翻弄他的书本杂志之类；当这样的时候，我总看见他含着苦笑，对海婴说："你这小捣乱看好了没有？"海婴含笑走了的时候，他总是一边谈着笑话，一边先把那些搅得零乱的书本子堆叠得好好，然后再来谈天。

记得有一次，海婴已经会得说话的时候了，我到他的书斋去的前一刻，海婴正在那里捣乱，翻看书里的插图。我去的时候，书本子还没有理好。鲁迅一见着我，就大笑着说："海婴这小捣乱，他问我几时死；他的意思是我死了之后，这些书本都应该归他的。"

鲁迅的开怀大笑，我记得要以这一次为最兴高采烈。听这话的我，一边虽也在高笑，但暗地里一想到了"死"这一个定命，心里总不免有点难过。尤其是像鲁迅这样的人，我平时总不会把死和他联合起来想在一道。就是他自己，以及在旁边也在高笑的景宋女士，在当时当然也对于死这一个观念的极微细的实感都没有的。

这事情，大约是在他去世之前的两三年的时候；到了他死之后，在万国殡仪馆成殓出殡的上午，我一面看到了他的遗容，一面又看见海婴仍是若无其事地在人前穿了小小的丧服在那里快快乐乐地跑，我的心真有点儿绞得难耐。

鲁迅的著作的出版者，谁也知道是北新书局。北新书局的创始人李小峰，本是北大鲁迅的学生；因为孙伏园从《晨报副刊》出来之后，和鲁迅、启明及语堂等开始经营《语丝》之发行，当时还没有毕业的李小峰，就做了《语丝》的发行兼管理印刷的出版业者。

北新书局从北平分到上海，大事扩张的时候，所靠的也是鲁迅的几本著作。

后来一年一年的过去，鲁迅的著作也一年一年地多起来了，北新和鲁迅之间的版税交涉，当然成了一个很大的问题。

北新对著作者，平时总只含混地说，每月致送几百元版税，到了三节，便开一清单来报账的。但一则他的每月致送的款项，老要拖欠，再则所报之账，往往不十分清爽。

后来，北新对鲁迅及其他的著作人，简直连月款也不提，节账也不算了。靠版税在上海维持生活的鲁迅，一时当然也破除了情面，请律帅和北新提起了清算版税的诉讼。

照北新开始给鲁迅的旧账单等来计算，在鲁迅去世的前六七年，早该积欠有两三万元了。这诉讼，当然是鲁迅的胜利，因为欠债还钱，是古今中外一定不易的自然法律。北新看到了这一点，就四出的托人向鲁迅讲情，再请他不必提起诉讼，大家来设法谈判。

当时我在杭州小住，打算把一部不曾写了的《蜃楼》写它完来。但住不上几天，北新就有电报来了，催我速回上海，为这事尽一点力。

后来经过几次的交涉，鲁迅答应把诉讼暂时不提，而北新亦愿意按月摊还积欠两万余元，分十个月还了；新欠则每月致送四百元，决不食言。

这一场事情，总算是这样的解决了；但在事情解决，北新请大家吃饭的那一天晚上，鲁迅和林语堂两人，却因误解而起了正面的冲突。

冲突的原因，是在一个不在场的第三者，也是鲁迅的学生，当时也在经营出版事业的某君。北新方面，满以为这一次鲁迅的提起诉讼，完全系出于这同行第三者的挑拨。而忠厚诚实的林语堂，于席间偶而提起了这一个人的名字。

鲁迅那时，大约也有了一点酒意，一半也疑心语堂在责备这第三者的话，是对鲁迅的讽刺；所以脸色发青，从坐位里站了起来，大声的说：

"我要声明！我要声明！"

他的声明，大约是声明并非由这第三者的某君挑拨的。语堂当然也要声辩他所讲的话，并非是对鲁迅的讽刺；两人针锋相对，形势真弄得非常的险恶。

在这席间，当然只有我起来做和事佬；一面按住鲁迅坐下，一面我就拉了语堂和他的夫人，走下了楼。

这事当然是两方的误解，后来鲁迅原也明白了；他和语堂之间，是有过一次和解的。可是到了他去世之前年，又因为劝语堂多翻译一点西洋古典文学到中国来，而语堂说这是老年人做的工作之故，而各起了反感。但这当然也是误解，当鲁迅去世的消息传到当时寄居在美国的语堂耳里的时候，语堂是曾有极悲痛的唁电发来的。

鲁迅住的景云里那一所房子，是在北四川路尽头的西面，去虹口花园很近的地方。因而去狄思威路北的内山书店亦只有几百步路。

书店主人内山完造，在中国先则卖药，后则经营贩卖书籍，前后总已有了二十几年的历史。他生活很简单，懂得生意经，并且也染上了中国人的习气，喜欢讲交情。因此，我们这一批在日本住久的人在上海，总老喜欢到他的店里去坐坐谈谈；鲁迅于在上海住下之后，也就是这内山书店的常客之一。

一二八沪战发生，鲁迅住的那一个地方，去天通庵只有一箭之路，交战的第二日，我们就在担心着鲁迅一家的安危。到了第三日，并且谣言更多了，说和鲁迅同住的三弟巢峰（周建人）被敌宪兵殴伤了，但就在这一个下午，我却在四川路桥南，内山书店的一家分店的楼上，会到了鲁迅。

他那时也听到了这谣传了，并且还在报上看见了我寻他和其他几位住在北四川路的友人的启事。他在这兵荒马乱之间，也依然不消失他那种幽默的微笑；讲到巢峰被殴伤的那一段谣言的时候，还加上了许多我们所不曾听见过的新鲜资料，证明一般空闲人的喜欢造谣生事，乐祸幸灾。

在这中间，我们就开始了向全世界文化人呼吁，出刊物公布暴敌狞恶侵略者面目的工作，鲁迅当然也是签名者之一；他的实际参加联合抗敌的行动，和一班左翼作家的接近，实际上是从这一个时期开始的。

一二八战事过后，他从景云里搬了出来，住在内山书店斜对面的一家大厦的三层楼上；租金比较得贵，生活方式也比较得奢侈，因而一般平时要想寻出一点弱点来攻击他的人，就又像是发掘得了至宝。

但他在那里住得也并不久，到了南京的秘密通缉令下来，上海的反动空气很浓厚的时候，他却搬上了内山书店的北面，新造好的大陆新村（四达里对面）的六十几号房屋去住了。在这里，一直住到了他去世的时候为止。

南京的秘密通缉令，列名者共有六十几个，多半是与民权保障自由大同盟有关的文化人，而这通缉案的呈请者，却是在杭州的浙江省党部的诸先生。

说起杭州，鲁迅绝端的厌恶；这通缉案的呈请者们，原是使他厌恶的原因之一，而对于山水的爱好，别有见解，也是他

批注空间

厌恶杭州的一个原因。

有一年夏天，他曾同许钦文到杭州去玩过一次；但因湖上的闷热，蚊子的众多，饮水的不洁等关系，他在旅馆里一晚没有睡觉，第二天就逃回到上海来了。自从这一回之后，他每听见人提起杭州，就要摇头。

后来，我搬到杭州去住的时候，他曾写过一首诗送我，头一句就是“钱王登遐仍如在”；这诗的意思，他曾同我说过，指的是杭州党政诸人的无理的高压。他从五代时的记录里，曾看到过钱武肃王的时候，浙江老百姓被压榨得连裤子都没有得穿，不得不以砖瓦来遮盖下体。这事不知是出在哪一部书里，我到现在也还没有查到，但他的那句诗的原意，却就系指此而言。我因不听他的忠告，终于搬到杭州去住了，结果竟不出他之所料，被一位党部的先生弄得家破人亡；这一位吃党饭出身，积私财至数百万，曾经呈请南京中央党部通缉过我们的先生，对我竟做出了比邻人对待我们老百姓还更凶恶的事情，而且还是在这一次的抗战军兴之后。我现在虽则已远离祖国，再也受不到他的奸淫残害的毒爪了；但现在仍还在执掌以礼义廉耻为信条的教育大权的这一位先生，听说近来因天高皇帝远，浑水好捞鱼之故，更加加重了他对老百姓的这一种远溢过钱武肃王的德政。

鲁迅不但对于杭州，并没有好感，就是对他出身地的绍兴，也似乎并没有什么依依不舍的怀恋。这可从有一次他的谈话里看得出来。是他在上海住下不久的时候，有一回我们谈起了前两天刚见过面的孙伏园。他问我伏园住在那里，我说，我已经回绍兴去了，大约总不久就会出来的。鲁迅言下就笑着说：

“伏园的回绍兴，实在也很可观！”他的意思，当然是绍兴又凭什么值得这样的频频回去?

所以从他到上海之后，一直到他去世的时候为止，他只匆匆地上杭州去住了一夜，而绝没有回去过绍兴一次。

预言者每不为其故国所容，我于鲁迅更觉得这一句格言的确凿。各地党部的对待鲁迅，自从浙江党部发动了那大弹劾案之后，似乎态度都是一致的。抗战前一年的冬天，我路过厦门，

批注空间

当时有许多厦大同学曾来看我，谈后就说到了厦大门前，经过南普陀的那一条大道，他们想呈请市政府改名“鲁迅路”以资纪念。并且说，这事已经由鲁迅纪念会（主其事的是厦门星光日报社长胡资周及记者们与厦大学生代表等人）呈请过好几次了，但都被搁置着不批下来。我因为和当时的厦门市长及工务局长等都是朋友，所以就答应他们说这事一定可以办到。但后来去市长那里一查问，才知道又是党部在那里反对，绝对不准人们纪念鲁迅。这事情，后来我又同陈主席说了，陈主席当然是表示赞成的。可是，这事还没有办理完成，而抗战军兴，现在并且连厦门这一块土地，也已经沦陷了一年多了。

自从我搬到杭州去住下之后，和他见面的机会，就少了下去，但每一次当我上上海去的中间，无论如何忙，我总抽出一点时间来去和他谈谈，或和他吃一次饭。

而上海的各书店，杂志编辑者，报馆之类，要想拉鲁迅的稿子的时候，也总是要我到上海去和鲁迅交涉的回数多，譬如，黎烈文初编《自由谈》的时候，我就和鲁迅说，我们一定要维持他，因为在中国最老不过的《申报》，也晓得要用新文学了，就是新文学的胜利。所以，鲁迅当时也很起劲，《伪自由书》、《花边文学》集里的有许多短稿，就是这时候的作品。在起初，他的稿子就是由我转交的。

此外，像良友书店，天马书店，以及生活出的《文学》杂志之类，对鲁迅的稿件，开头大抵都是由我为他们拉拢的。尤其是当鲁迅对编辑者们发脾气的时候，做好做歹，仍复替他们调停和解这一角色，总是由我来担当。所以，在杭州住下的两三年中，光是为了鲁迅之故，而跑上海的事情，前后总也有了好多次。

在他去世的前一年春天，我到了福建，这中间，和他见面的机会更加少了。但记得就在他作故的前两个月，我回上海，他曾告诉了我以他的病状，说医生说他的肺不对，他想于秋天到日本去疗养，问我也能够同去不能。我在那时候，也正在想

批注空间

去久别了的日本一次，看看他们最近的社会状态，所以也轻轻谈到了同去岚山看红叶的事情。可是从此一别，我就再也没有和他作长谈的幸运了。

关于鲁迅的回忆，枝枝节节，另外也正还多着；可是他给我的信件之类，有许多已在搬回杭州去之先烧了，有几封在上海北新书局里存着，现在又没有日记在手头，所以就在这里，先暂搁笔，以后若有机会，或许再写也说不定。

（本文据一九三九年三月至八月的上海《宇宙风乙刊》和同同六月至八月的新加坡《星洲日报半月刊》所载整理编入）

简析

郁达夫是一个重情之人。对于鲁迅的逝世，他是唯一一个从外地赶往上海奔丧的人；他写作本文的目的是希望通过这篇文章，使人们对鲁迅有更具体更全面的了解，从而激起他们去多读鲁迅的文章。文章回忆了与鲁迅的交往。娓娓道来，不急不徐，冷静中见深情，客观中见敬佩，为读者展现了一个幽默、乐观、睿智、正直，热心帮助进步青年，热爱祖国的鲜活的鲁迅形象。

图书在版编目（CIP）数据

郁达夫散文·小说/郁达夫著;李晓明主编.--长春:
吉林文史出版社,2006.06（2023.9重印）
（名家精品阅读）
ISBN 978-7-80702-416-3

Ⅰ.①郁… Ⅱ.①郁… ②李… Ⅲ.①散文-作品集-中国-现代 ②中篇小说-作品
集-中国-现代 ③短篇小说-作品集-中国-现代 Ⅳ.①I216.2

中国版本图书馆CIP数据核字（2006）第044957号

名家精品阅读

郁达夫散文·小说

YUDAFU SANWEN XIAOSHUO

作者/郁达夫　主编/李晓明
选题策划/周海英　责任编辑/陈春燕
责任校对/李洁华　封面设计/新华智品
出版发行/吉林出版集团　吉林文史出版社
地址/长春市人民大街4646号　邮编/130021
电话/0431—86037507
网址/www.jlws.com.cn
印刷/北京一鑫印务有限责任公司
版次/2006年6月第1版　2023年9月第6次印刷
开本/720mm×1000mm　1/16
印张/10　字数/200千字
书号/ISBN 978-7-80702-416-3
定价/45.00元